FFYDD
A
FFEIAR-BRIGÊD

HARRI PARRI

TŶ AR Y GRAIG

© Tŷ ar y Graig 1984 Ⓗ

ISBN 0 946502 20 X

Cynlluniwyd y clawr gan
Hywel Harries

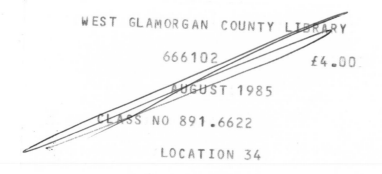
Cyhoeddwyd gan Wasg Tŷ ar y Graig ac
argraffwyd gan Wasg Pantycelyn, Caernarfon.

Cynnwys

CYDNABOD

Fel y llyfrau eraill sy yng Nghyfres Carreg Boeth cyfrol o straeon radio yw hon yn hytrach na chasgliad o straeon byrion. Hoffwn ddiolch, unwaith yn rhagor, i Meirion Edwards, Golygydd Radio Cymru, i Charles Williams y storïwr dihafal, a'r tro yma i Richard T. Jones a gynhyrchodd y gyfres.

Fel arfer, bu Harri E. Jones ac W. Gwyn Lewis yn gwarchod iaith y trigolion ac yn darllen y proflenni i mi a chynlluniodd Hywel Harries glawr i'r gyfrol yn seiliedig, y tro hwn, ar luniau Gerallt Llywelyn o'r gyfres deledu — *Hufen a Moch Bach*. Diolch i'r tri ohonynt am eu caredigrwydd a'u cymorth.

Hoffwn, hefyd, gydnabod caniatâd parod Teledu'r Tir Glas i ddefnyddio'r ddau ddarlun a diolch i Ifan Roberts, cynhyrchydd y cyfresi teledu, am ei froliant i'r gyfrol a'i ddiddordeb mawr ym mhobl ac anifeiliaid ardal Carreg Boeth.

Harri Parri

I
DYFRIG YN DDEUNAW
AC I
LLŶR YN UN AR HUGAIN

1

TONIC A DAIL POETHION

"*Bottoms up*, Mistyr Tomys bach . . . yn lle dili-dalio fel 'na. Ma' David Robyts Heidden Sur yn 'i yfad o fel dŵr tap. Y . . . *down with it, dear.*"

"I glywad o fymryn bach yn chwerw ydw i," eglurodd y Gweinidog ond gan geisio osgoi swnio'n anniolchgar, "mae o'n ddiod llesol dros ben 'dwi'n siŵr."

"O *absolutely!*" a phwysodd Bella ymlaen yn ei chadair a'i rhoi ei hun yn union yng ngwynt y Gweinidog. "A mae o mor ddiniwad â babi, cariad."

"'Dwi'n siŵr," ond heb lawer o argyhoeddiad yn y dweud.

"*Cross my bra.* Y cwbwl fydda' i yn 'roi yno fo ydi galwyn o ddŵr a dau lemon . . . llond dwrn bach, bach, o siwgwr brown . . . y *demarara* 'te, a *tinny winny bit* o furum. Welsoch chi 'rioed cyn lleiad. Just i roi dipyn o gic yno fo, 'te, del?"

"Yn naturiol."

"A dail poethion, wrth gwrs. Fydda' i'n iwshio pum pwys o rheini . . . O ia, mi fydda i'n rhoi joch go lew o *cream of tartar* efo'r siwgwr, dyna sy'n rhoi'r blas spesial 'na 'da chi'n glywad."

"Dydi pum pwys o ddail poethion ddim yn llawar, deudwch?" holodd Eilir mewn peth dychryn.

"Dim ond dail bach ifanc, Mistyr Tomys. Rhai ifanc fydda' i'n lecio. A ma' nhw'n ysgafn fel pluan fach. *As a feather.* Wel . . . y . . . i lawr â fo rŵan, del. Ar ych talcan."

Cyn yfed cegaid arall o'r wermod symudodd Eilir ei bwysau o un droed i'r llall, a'r eiliad honno, o glywed y smic lleiaf, rhuthrodd y *Chow Chow* allan o'i guddfan a'i gwneud hi am goes y Gweinidog. Collwyd peth o'r gwin.

"*An An! For Shame*," a neidiodd Bella i goler y ci canpwys. "Gwely, bach . . .*This minute.*"

Darn-lusgwyd y ci i gyfeiriad clamp o fasged wellt a osodwyd yn union yn llygad y tân ac ewinedd y ci yn rhiglo'r carpedi trwchus fel roedd o'n colli tir.

"Ach! Hogyn drwg. *Naughty Boy.* Brifo Mistyr Tomys ni."

Wedi setlo'r ci dychwelodd Bella i'w lle, i ymgeleddu'r Gweinidog.

"Ydach chi'n siŵr ych bod chi'n iawn, cariad?"

"O 'dwi'n olreit, diolch."

"Ga'i sychu ych trowsus chi?"

"Ddim yn siŵr i chi. Sbotyn ne' ddau gollis i gyd, dyna'r cwbwl."

Bu eiliadau di-eiriau a'r Gweinidog yn troi'r tonic dail poethion yn gylchoedd bygythiol yn hanner isa'r cwpan te.

"Ma'n ddrwg gin i am hynna, Mistyr Tomys. 'Dydi o 'rioed wedi brathu neb arall o'r blaen . . . ar wahân i'r Person *of course.*" Trodd Bella eilwaith at y fasged. "Ach! Hogyn drwg Mami."

Aeth yn agos i ddwy flynedd heibio ers i Bella Stock, fel roedd hi ar y pryd, ddychwelyd o Ceylon i Garreg Boeth a throi'r tyddyn mynyddig yn sioe bin bach o le. Fel Gweinidog, bu Eilir ar aelwyd y Gors Haidd sawl gwaith yn ystod y ddwy flynedd — yng nghynhebrwng *Chi Chi*, y *Chow Chow* cynta', yn ymdrechu i glytio'r briodas fyr ei gwynt honno fu rhwng Bella a'r Foel Grachen ac yn degymu saws mintys, anis a chwmin arall — ond rhywfodd ni theimlodd unwaith yn gwbl gartrefol yno. Gwraig y tŷ oedd un achos anghysur iddo. Roedd ei symudiadau yn peri iddo feddwl yn barhaus am gath yn cerdded ar do sinc poeth a'i llais dwfn, cryglyd, yn ei atgoffa o Marilyn Monroe wedi mynd i oed a than annwyd. Y cŵn oedd yr ail groes. Y gamp gyda *Chi Chi* oedd ei rhywstro i'w lyfu'n llyn gan faint ei chroeso iddo; bwriad *An An*, mae'n amlwg, oedd dryllio pob un o'i esgyrn cyn gynted â phosib'. Dafydd Robaitsh Heidden Sur, serch ei lawn pedwar ugain, oedd yr unig un a oedd yn abl i lonyddu Bella, trin y cŵn ac yfed y gwlych dail poethion i'r gwaelod.

Daeth Bella yn nes eto i wynt y Gweinidog ac edrych dros ymyl y cwpan hanner llawn.

"Ga' ' 'i dopio fo i fyny i chi, del?"

"Ddim ar unrhyw gyfri. Ma' 'na fwy na digon yn weddill . . . diolch i chi."

"Wyddoch chi, cariad," a rhoi'i llaw wen, fodrwyog, yn ysgafn ar 'i lawes, "fod y ddiod hyfryd yna yn gwneud pobol yn fengach?"

"'Rioed?"

"*On my honour.* Ma' David Robyts yn *living proof.*"

"O?"

"Mi wyddoch am y llidiart bach 'na sy yng ngwaelod yr ardd?"

"Gwn."

"Be ddaru *chi*? 'I agor o?"

"Wel . . . y . . . ia, a'i gau o wedyn ar fy ôl."

"'I neidio fo ma' David Robyts Heidden Sur yn 'i 'neud."

"Bobol?"

"Wrth fynd o'ma 'te. *He's not the same man,* Mistyr Tomys bach, *not the same man.*"

"Stiff iawn y gwelis i o 'rioed."

"'Dydi o'n ddyn newydd fel 'dwi'n deud. Mae o'n rhoi un llaw ar dop y llidiart, ac wps! . . . mae o'n fflïo drosodd fel tylwyth teg bach."

"Ma'n rhaid gin i 'i fod o wedi stwytho'n arw 'ta," ebe'r Gweinidog mewn mawr syndod.

9

"O *absolutely*. Mae o'n deud, yn ddistaw bach," a daeth Bella yn agosach fyth at wynt y Gweinidog, "*but mum's the word*, 'i fod o am neidio'r llidiart mawr wsnos nesa . . . *He's such a dear*."

Gwylltiodd Eilir braidd, o glywed y fath lol a mynegodd ei anghrediniaeth.

"Wel, prin y medra' fo gau'i 'sgidia' y tro dwytha y galwis i yn Heiddan Sur — heb sôn am neidio dros giatia'."

"Pryd odd hynny, cariad, *if I may ask?*"

"Rhyw fis, ne' well, yn ôl."

"Dyna ni. *You've proved my point*. Gwin cwsberis odd o'n yfad adag hynny . . . Rŵan mae o'n medru cau'i *braces* o'r tu ôl . . . heb sbïo yn y glás."

"Roedd hi'n ddirgelwch i Eilir sut y medrai Dafydd Robaitsh, o bawb, gau botwm bresus o'i ôl ac edrych mewn drych ar yr un gwynt, ond penderfynodd beidio â dyfalu rhagor ar y pwynt hwnnw rhag ofn mai'r tonic dail poethion oedd yn cymylu ei feddwl. Yfodd y dracht ola' o'r wermod a rhoi'r cwpan gwag yn ôl ar y bwrdd bach. Hwyliodd i godi.

"'Da chi 'rioed yn mynd rŵan, cariad? *So soon*."

"'Dwi am 'i throi hi rŵan, Musus Stock-Roberts. Diolch i chi am y croeso."

"Gymwch chi fymryn bach o win mwyar duon Anti Bella? *Just* i'ch cario chi adra?"

"Dim rhagor o ddiod, diolch. Ne' chyrhaedda' i ddim i Garrag Boeth cyn iddi nosi."

"Wel, cofiwch fi at David . . . ac at y wraig bach ifanc 'na sgynno fo. Dydi hi'n beth bach annwyl, Mistyr Tomys? Digon o ryfeddod."

"Ydi, ma' . . . ma' Musus Roberts yn groesawgar dros ben."

"A deudwch wrth David y bydda i'n 'i ddisgwl o am 'i *elevens's* bore fory, fel arfar . . . *as usual*."

"Wel mi a' i 'ta . . . Pnawn da i chi."

Fel roedd y Gweinidog *yn* codi y gwnaeth *An An* yr ail ymosodiad, ond rhoddodd Bella orchymyn chwyrn i'r ci i fynd yn ôl i'w fasged.

"Ach! Gwely, bach. Hogyn drwg Mami . . . fydd Yncl Capal yn deud wrth y *deacons*."

Mae hi'n debygol mai camddeall bwriadau'r Gweinidog a wnaeth *An An* yn y diwedd. Fel roedd Bella yn yfed y ffarwelio llaes ar bwys y llidiart bach estynnodd Eilir ei law allan, i ffarwelio'n derfynol fel petai, a dyna'r eiliad y llwyddodd *An An* i wthio allan drwy gil y drws a oedd heb ei lawn gau a rhuthro i lawr llwybr yr ardd yn ddannedd i gyd. A dyna'r eiliad y penderfynodd Gweinidog Siloam ddilyn esiampl Hen Ŵr Heidden Sur a neidio'r giât yn hytrach na'i hagor.

Wedi sgubo'r ci cynddeiriog yn ôl i'w wely, am y trydydd tro o fewn hanner awr, a bygwth y byddai 'Yncl Capal yn 'i dorri o allan o'r seiat' a sawl gwiriondeb arall tebyg, rhedodd Bella yn ôl at y llidiart yn llawn ffwdan.

"'Da chi'n siŵr na ddaru chi ddim rhwygo'ch trowsus, cariad?"

Roedd Eilir erbyn hyn ar gamu i'w gar ac yn ddiolchgar o gael gwneud hynny.

"Thorris i ddim byd, Musus Stock-Roberts . . . os na thorris i'r llidiart?"

"Peidiwch â phoeni am y llidiart, *dear*. Os ydi o'n dal pwysa' David Robyts mi'ch dalith chi yn siŵr! *You're a mere chicken,* Mistyr Tomys bach."

"Wel, 'nes i 'rioed o'r blaen feddwl 'mod i mor ystwyth."

"*Three cheers* i'r dail poethion, 'te cariad?"

Cychwynnodd Eilir beiriant y car a'i sodro i'w gêr.

"Pnawn da, Musus Stock-Roberts."

"Twdwlw! . . . Cariad."

* * * *

Y pnawn Gwener canlynol, a Gweinidog Siloam yn y stydi yn pobi ar gyfer y Sul, clywodd guro taer ar y gwydr. Cododd o'i gadair a cherdded i gyfeiriad y ffenestr i weld beth oedd yr helynt. William John oedd yno, William John Tarw Botal fel y'i gelwid, yn chwifio'i freichiau, yn debyg i ddyn yn nofio ar ei gefn ac mewn perygl o foddi. Yn anffodus, nid oedd neb wedi llwyddo i agor ffenestr y stydi ym Mans Carreg Boeth er dyddiau'r Diwygiad. Brathai William John ei ddannedd gosod am dameidiau o awyr mewn ymdrech i gyfleu rhyw neges neu'i gilydd, fel petai o'n 'sgodyn ffansi mewn powlen yn methu â chael digon o aer. Rhoddodd Eilir arwydd iddo i fynd i gyfeiriad y drws cefn a dod i mewn i'r tŷ. Un o gas-leoedd William John oedd stydi gyfyng y Gweinidog ond, wedi cael yr un arwydd sawl tro, ufuddhaodd. Daeth i mewn yn betrusgar gan wthio ei gap stabal o'i flaen.

"Ddrwg gin i dorri ar ych heddwch chi, achan."

"Popeth yn iawn, William John. Ma'n dda gin i ych gweld chi. Y . . . 'steddwch."

"Diolch," ac eisteddodd William John yn gynnil ar flaen eitha'r gadair freichiau a dal y cap stabal yn llac rhwng ei ddau ben-glin.

"Ma' hi wedi oeri, William John."

"Yn ddiaw . . . yn ddianedig, achan."

Bu eiliad o dawelwch annifyr; y Gweinidog am roi bwlch i William John iddo gael dweud ei fol a William John yn methu'n lân â gwybod sut i gychwyn gwneud hynny. Tynnodd baced wdbein, briwedig yr olwg, o boced ei wasgod ac arwyddo i'r Gweinidog yr hoffai gael smôc, i sadio. Wedi tanio, sugno llond ysgyfaint o fwg ac yna'i chwythu o allan yn gymylau afiach, ymlaciodd beth.

"Mewn picil 'da ni, achan, at yn ceseilia'."

"Tewch."

"O, gythril i'r byd."

"Be sy wedi digwydd felly?"

"Mi wyddoch am hen begor Heiddan Sur?"

"Dafydd Robaitsh? . . . Gwn."

"Mae o wedi'n gadal ni, achan. Wel, fwy ne' lai felly."

"Bobol y ddaear!" a bu'n rhaid i Eilir gydio ym mreichiau'r gadair i gael cynhorthwy i ddal y fath newydd syfrdanol ac annisgwyl.

"'Mae o cyn wiriad â mod i'n ista yn fama, y . . . mwya'r piti 'te."

"Wel . . . y . . . be yn union ddigwyddodd? Odd Ifans y Coparét yn deud bora i fod o wedi'i weld o'n dŵad o'r Gors Haidd tua'r canol dydd 'ma, fel hogyn deunaw, ac yn neidio'r llidiart . . . y llidiart bach felly."

"Dyna'r mistimanas mawr 'nath o, achan."

"Be ddaru o, William John, torri'i lengid?"

"Torri'i lengid?" a chwythodd William John gwmwl o fwg i'r awyr i ddangos maint ei ddiflastod. "Torri'i lengid ddeutsoch chi? Wel, fasa peth felly'n pwytho wedyn yn basa, efo gofal . . . Torri'i lengid o gythril."

"Be ddigwyddodd 'ta? Chi sy'n gwbod y stori."

"Wedi gneud amdano'i hun, achan, ma'r twmffat gwirion."

Daeth oerni fel oerni barrug dros gorff y Gweinidog o glywed am ddiwedd trist hen ŵr y cafodd gymaint o ddifyrrwch ac ysbrydiaeth yn ei gwmni.

"Wel, wel! . . . Dafydd Robaitsh, druan."

A dyna'r funud y daeth Ceinwen drwy ddrws y stydi yn asbri i gyd, heb sylweddoli bod William John yn bresennol na synhwyro'r ias profedigaeth a oedd yn llond yr awyr.

"Eilir, os na ddoi di i nôl dy ginio, mi . . . O . . . ma'n ddrwg gin i. Wyddwn i ddim bod 'na neb arall yma. Sudach chi, William John?"

Yn ei ddychryn gollyngodd William John stwmp y sigarét i'w gap stabal a natur rhoi'r cap a'r stydi ar dân.

"'Dwi fel y b . . . boi. Y . . . sudach chi, achan?"

Roedd gwraig y Gweinidog yn rhoi mwy o groen gŵydd iddo na'i gŵr, yn enwedig o'i chyfarfod mewn lle mor gyfyng.

"Faswn inna' fel hogan ddeunaw taswn i'n cal gŵr arall o rwla."

"Wedi cludo newyddion trist i ni ma' William John," eglurodd Eilir, gan siarad â'i wyneb yn ogystal â'i lais, rhag ofn i Ceinwen ddweud rhywbeth anghymharus arall ar awr mor ddu . . . "Dafydd Robaitsh Heiddan Sur . . ."

"Daf . . . Be? Dydi o 'rioed wedi? . . ." ac apelio â'i llygaid ar i William John ddweud y newydd drwg drosti.

"Wedi lladd 'i hun ma'r bygar . . . Ond dyna fo, rhyw wyllt wirion fel'na y gwelis i o 'rioed o ran hynny," a chwythu torch arall o fwg diflastod i'r awyr.

Eisteddodd Ceinwen yn yr unig gadair wag a oedd ar ôl, iddi gael ei gwynt ati. Wedi'r cwbl, roedd hithau fel Eilir yn meddwl y byd yn grwn o Dafydd Robaitsh Heidden Sur a'i onestrwydd syml. Bu saib yn y sgwrsio fel roedd min y brofedigaeth yn gwanu i'r byw. Yna, ochneidiodd Ceinwen a chodi'n sydyn.

"Ylwch, mi a' i 'neud panad i bawb ohonon ni, â'i llond hi o siwgwr . . . i ni gal dŵad dros y sioc."

"Ddim ar unrhyw gyfri, achan. Rhaid i mi 'i throi hi rŵan," ac wrth godi yn sydyn, yn ei gwman, heb lawn sythu, bu bron i William John gamu i'r cap stabal a llyfu'r mat o'i flaen. "Y . . . diolch i chi 'run fath, 'te. 'Taswn i'n rhoi tân 'dani hwyrach y buaswn i'n medru arbad 'i fywyd o wedi'r cwbwl. Jyst *yn* pegio rodd o fel ron i'n gadal."

"Wel, ron i'n meddwl, William John, i chi ddeud bod o *wedi* marw?" ebe'r Gweinidog, mewn cryn ddryswch. "Wedi lladd 'i hun, dyna ddeutsoch chi, 'te?"

"Posib' ddigon, achan. Blêr sobor efo 'ngeiria' 'dwi 'di bod 'rioed, fel tae."

O weld llygedyn o obaith i arbed bywyd Dafydd Robaitsh penderfynodd Ceinwen sgubo William John Tarw Botal allan dros y rhiniog.

"Ffwrdd â chi ta, William John, cyn gynted â phosib. Ar amsar fel hyn ma' pob munud yn cyfri' . . . Styriwch!"

"Fedra' *i* 'neud rhwbath taswn i'n cynnig dŵad draw

14

efo chi?'' holodd y Gweinidog. Llonnodd William John drwyddo, fel plentyn wedi cael sym yn iawn.

''Wel, dyna pam dois i cyn belled, achan. Meddwl roeddan nhw y medrach chi fod o ryw help i' gadw fo 'rochor yma. Wrth ych bod chi efo capal a phetha' felly te'. Y . . . dyna oedd gin i mewn meddwl wrth guro'r ffenast 'na . . . ryw hannar awr ne' well yn ôl.''

''Brenin trugaradd,'' ffrwydrodd Ceinwen, a golchi Eilir a William John efo'r un dŵr. ''Mi rydach chi'ch dau wedi bod yn fama yn smocio a gogordroi a bywyd Dafydd Robaitsh yn y fantol. Rhad arnoch chi'ch dau, ddeuda' i.''

''Tydi amsar yn mynd, achan,'' oedd unig ymateb William John; ac wrth y Gweinidog, ''Ro' i bas i chi yng nghar y Ministri, hynny ydi os medra' i gychwyn y bygar.''

Trwy ffenestr y gegin gwyliodd Ceinwen yr ambiwlans ryfeddol yn troelli'n hamddenol i fyny'r ffordd gul, fynyddig a arweiniai o Siop y Coparét i gyfeiriad Heidden Sur. Rhyfeddodd, am y milfed tro, at ffordd bwyllog pobl yr ucheldir tenau o gyfarfod yr annisgwyl a'r anochel. Sylweddolodd, yn sydyn, nad oedd William John wedi datgelu gair am natur y brofedigaeth — un arall o hynodion cymdeithas y tir uchel. Syllodd ar y cymorth cyntaf yn cael ei sugno'n raddol i dro y Gors Haidd ac yna'n mynd ar goll yn niwl y mynydd. Trodd o'r ffenest i'r bwrdd, i godi cinio i un ac i ddal ati i weddïo y byddai Dafydd Robaitsh, wedi'r cwbl, yn well na'r disgwyl.

*   *   *   *

''Ma' 'rhen begor *wedi'n* gadael ni, achan,'' ebe William John o sylwi ar hers Henri Claddu Pawb wedi ei pharcio'n daclus rhwng y cwt mochyn a'r tŷ gwair ac un o ieir dodwy allan Dafydd Robaitsh yn clwydo ar y pen blaen.

''Felly ma' hi'n ymddangos, William John, ond . . . y . . . dowch i ni ddal ati i obeithio'r gora'.''

Cerddodd y ddau yn weddus araf i gyfeiriad y tŷ.

15

Y weddw ifanc, fel y tybient ar y pryd, a agorodd y drws ond edrychai yn debycach i ddynes yng nghanol prysurdeb diwrnod cneifio nag i wraig yn eigion profedigaeth.

"Dowch i mewn, Mistar Tomos bach, lle bo chi'n sefyllian ar step drws. Ma'n dda sobor gin i ych gweld chi . . . 'Da *chi* am ddŵad i mewn, William John?"

"Thenciw," a thynnu ei gap. "'Ddrwg gin i am y gollad, achan."

"Edwards y Felin sy' 'di cal y gollad fwya', fel y cewch chi glywad unwaith y dowch chi dros y trothwy 'ma."

A dyna lle roedd Edwin Edwards y Felin Faen, blaenor yn Siloam, yn mesur llawr teils y gegin fyw, yn ôl a blaen, fel llewpart mewn caets.

"Sudach chi, Mistyr Edwards?" holodd y Gweinidog.

"Gofyn sut ydw i ydach chi? Ar dân 'te. Sut arall y medra' i fod â 'nhŷ gwydr newydd i yn shwtrws ulw? Yn ddim mwy na thameidia' o wydra' a baich o bricia' dechra' tân. A . . . a'r bloda' gaea' ron i newydd 'u plannu nhw wedi 'u tyrchio o'r gwraidd. Sut medra' i fod ond ar dân?" a dechreuodd Edwards waldio y ci tsheina a oedd ar gongl y cwpwrdd tridarn â'i ffon.

"Hannar munud," rhybuddiodd Sali Ann a dwyn ffon Edwards, ei thorri'n ddwy a'i thaflu ar y tân. "Chewch chi ddim malu ci mam Defi ni. 'Nath y ci tsheina ddim byd i chi 'rioed."

"Ma'i berchennog o 'di gneud yn dydi?" a bygwth rhuthro am y wraig a falodd y ffon.

O dipyn i beth llwyddodd y Gweinidog, gyda chynhorthwy bôn braich William John Tarw Botal, i roi Edwards y Felin i eistedd mewn cadair ac ymbwyllo.

"'Steddwch i lawr, Edwin Edwards, am eiliad, i William John a Musus Robaitsh a finna gal y stori o'i chwr. Ydan ni i ddeall ych bod chitha', rywfodd, wedi cal collad?"

"Collad ddeutsoch chi?" a cheisiodd Edwards godi a mynd i gyfeiriad y ci tsheina unwaith yn rhagor. "Collad

16

ddwbwl 'da chi'n feddwl. 'Dydi 'runig feic odd gin y wraig 'cw a finna, un newydd danlli, wedi 'i blygu yn un consartina a'i 'lwynion o fel crempoga'."

"Diolchwch bod Defi ni yn fyw," ebe Sali Ann.

"Fydd o ddim byw yn hir os ca' . . .," ond rhoddodd William John ei ben-glin ym mhwll stumog Edwards y Felin Faen nes roedd o'n gorwedd yn ôl yn llonydd yn ei gadair.

"Rŵan, Tomos," wrth y Gweinidog, "ewch chi i gal golwg ar Defi, i udrach 'di hi'n bosib' i gal o i ralio rownd. Mi gadwa' inna'r di . . . y penffast yma yn 'i gadar."

"Ia," eiliodd Sali Ann, "ewch i gal gair bach efo fo. Rodd ych enw chi ar 'i wefus o pan odd o *yn* sincio. Ond mae o flewyn yn well rŵan. Y . . . i fyny yn y groglofft mae o. Meddwl y basa hi'n gnesach iddo fo yn fan'no tasa fo'n digwydd marw."

Roedd hi'n ddirgelwch mawr i Eilir sut yr aed â gŵr ar ddarfod amdano i fyny'r fath ysgol serth a'i wthio fo wedyn drwy'r fath geudwll cyfyng. Ond fel roedd Eilir yn cychwyn daeth Nyrs Beic i lawr drwy'r ceuddrws fel parashiwt fawr yn dechrau disgyn â dau yn lle un yn hongian gerfydd y llinynnau. Bu'n rhaid iddo symud i wneud lle iddi basio i'r bwtri.

"Hy! Yr *AI* a'r *A one* wedi cyrraedd efo'i gilydd," ebe'r Nyrs, ac wrth Eilir, "well i chi fynd i fyny i gal spec arno fo. 'Dwi 'di trio i glytio fo gora' posib'. Ond fedrwch chi ddim clytio hen betha' am byth."

"Mae o *yn* fyw felly?" holodd Eilir, yn ofalus.

"Yn fyw? . . . Yn fyw iawn faswn i'n ddeud. Mi fasa rhywun llai stiff wedi'i ladd. Mi ath drwy'r tŷ gwydr 'na fel cyllall boeth drwy fenyn, heb i' ochra' fo brin gyffwr' . . . Ond mi rois i bigiad iddo fel na 'steddith o ddim ar feic yrhawg eto."

O glywed y gair beic anesmwythodd Edwards y Felin unwaith yn rhagor. Edrychodd Nyrs Beic yn fygythiol i'w gyfeiriad.

"Mi ro' i bigiad i chitha', Edwin Edwards, yn yr un lle, ac at y byw, os na fyddwch chi'n llonydd," a daeth Edwards at 'i goed yn y fan a gwenu'n foneddigaidd.

Cerddodd Eilir at droed yr ysgol ffyn.

★ ★ ★ ★

Wedi cyrraedd i'r groglofft sylweddolodd y Gweinidog mai gwir oedd gair y Nyrs. Eisteddai Dafydd Robaitsh i fyny yn ei wely yn bwyta te tri a chlamp o gatalog nwyddau trwy'r post ar y cwilt o'i flaen. Yr unig arwyddion gweledig o'r ddamwain a ddaeth i'w ran oedd ambell groes o blaster ar ei ên ac ar bont y trwyn, fel petai Nyrs Beic wedi bod yn chwarae gêm ocso. Pan ddaeth Eilir i fyny o'r dyfnder a cherdded at droed y gwely ymrwyfodd drwyddo a chraffodd o'i flaen.

"Mistar Tomos, chi 'di'r peth du 'na sy'n sefyll wrth droed 'y ngwely i, 'ta s'gin i faw pryfaid ar wydr fy sbectol?"

"Na, fi sy 'ma, Dafydd Robaitsh."

"'Dda gynddeiriog gin i ych gweld chi beth bynnag."

"Diolch i chi."

"Ond fasa William John Tarw Botal na chitha' byth dragywydd yn gneud dau ddoctor."

"Pam?"

"Ham ddeutsoch chi? Na, rhoi rhyw lyfiad o'r jam baw defaid hwnnw fydda i'n gal gin Ifans y Coparét 'nes i ar y rhein," a chyfeirio at y baich brechdanau a oedd yn fynydd o'i flaen. "Ond hwyrach y ca' i sleisan o ham eto tua'r pump 'ma."

"Gofyn 'nes i, Dafydd Robaitsh, pam na fasa William John a finna' yn gneud meddygon?"

"Wel am basa pawb wedi marw 'te, tra basa chi ych dau yn meddwl am gychwyn."

"O!" a bu'n rhaid i Eilir dderbyn y cerydd haeddiannol yn ostyngedig. Aeth fymryn yn nes at erchwyn y gwely er mwyn i Dafydd Robaitsh fedru clywed yn well.

"Mistar Tomos, ddaru chi ddim digwydd dŵad i wrth-darawiad â'r Nyrs Beic 'na fel roeddach chi ar ych ffordd i fyny?"

"Na, odd hi wedi disgyn cyn i mi gychwyn."

"Wedi disgyn?" a llonnodd Dafydd Robaitsh. "Duwch go dda. Mi frifodd dipyn, gobeithio?"

"Na, deud ron i, 'i bod hi wedi cyrradd i lawr cyn i mi gychwyn dringo'r ystol."

"Deudwch chi," yn amlwg siomedig. "Tydi'r diafol yn cadw'i was yn hir, Mistar Tomos?"

"Ddaru chi frifo llawar, Dafydd Robaitsh?"

"Brifo?"

"Ia."

"Naddo, yn brenin. Dim ond cal rhyw fân sgriffiada'. Ond ma' cwt haul Edwards y Felin," a dechreuodd Dafydd Robaitsh siglo chwerthin nes roedd y das brechdanau mewn perygl o ddymchwel, "ma' hwnnw yn grybibion ulw, a'i feic bach o fel tun samon wedi bod o dan eliffant," a chwerthin wedyn. "Edwards sy wedi anfon y catalog Damej 'ma i fyny i mi."

"*Ramage*," cywirodd y Gweinidog.

"Ia, Damej, fel 'da chi'n deud. Mae o ishio i mi bigo cwt haul bach arall yn lle be chwalodd . . . Ond hwyrach y medar William John leinio'r beic bach yn ôl i siap, 'lle mod i'n mynd i gosta' dwbwl, 'te Mistar Tomos?"

"Ond, Dafydd Robaitsh," sylwodd Eilir, a chyfeirio at y catalog agored, "ar feic rydach chi'n edrach, nid ar dai gwydr."

"Sbio ran plesar 'dwi rŵan, Mistar Tomos. Rhyw awydd cal un bach ar ben y mlwydd, un alyminiam efo llyw ar i lawr."

"Wel, mi rydach chi'n wirion iawn i fynd ar gefn beic eto, wedi cal y fath ddihangfa gyfyng."

"Gwirion i fynd ar gefn beic, ddeutsoch chi? Wel, tydi'r llyfr nefar-nefar 'ma," a chyfeiriodd at gatalog *Ramages*, "yn deud y dyla' pawb gal beic . . . yn bedwar ugain a mwy

. . . A pheth arall, y tonic chwenc 'na sgin Bella'r Gors Haidd odd y drwg, nid y beic bach."

"Ron i'n clywad ych bod chi'n yfad ar y mwya' o hwnnw."

"Yfad ar y mwya' ohono fo ddeutsoch chi?"

"Ia."

"Yfad rhy 'chydig ohono fo 'nes i 'te. Duwch, 'taswn i wedi yfad cropar arall cyn cychwyn, fel rodd Bella'n mynnu, faswn i wedi rowndio tro'r Felin 'na fel bys cloc . . . Byr 'i effaith 'di o, Mistar Tomos bach . . . Dyna'i wendid o."

Tawelodd yr hen ŵr am funudyn; rhythodd yn gegrwth ar y llun beic a oedd yn union o'i flaen. Yna, daeth golwg wyllt i'w lygaid.

"Dwn i ddim pam gythril rodd rhaid i Nedw'r Felin 'na godi cwt haul yn union yn rhediad y mên rôd. 'Dodd hi'n fwy naturiol i rywun ar feic bach fynd drwy'r cwt gwydr na dal i'r chwith. Ond, rhyw ddifeddwl fel'na y gwelis i 'rhen Nedw 'rioed . . . a'i dad o o'i flaen o ran hynny."

Wedi cael rhoi'r bai ar Edwards — benthyciwr y beic a chyn-berchennog y tŷ gwydr — tawelodd Dafydd Robaitsh a dechrau cythru i'r brechdanau jam. Bylchwyd y sgwrs am beth amser, a'r unig sŵn a glywid oedd un Dafydd Robaitsh yn chwythu bwyta y te tri ac yn anadlu'n drwm drwy ei ffroenau. Y Gweinidog a ailgychwynnodd y sgwrsio.

"Ron i'n gweld hers Henri Rowlands wedi cyrradd?"

"Gweld hers Henri yn un rhyfadd ydach chi, Mistar Tomos? Ydi . . . debyg . . . o'r tu allan. Ond ma' hi'n gyfforddus ddigon o'r tu mewn."

"Be, 'dach chi wedi bod *yn* yr hers, Dafydd Robaitsh?"

"Fo pigodd fi i fyny wedi i mi fynd drw'r cwt haul bach 'na, ac mi roth bas i mi adra, chwara' teg iddo fo, yn y trwmbal . . . am ddim! A rhoi'r beic bach fesul darn yn y ffrynt . . . Ond roedd o dipyn yn siomedig pan ffendiodd o 'mod i'n fyw."

"Henri Rowlands yn ddigon cymwynasgar," awgrym-odd y Gweinidog, fel brawddeg lanw.

"Un cymwynasgar, ddeutsoch chi?"

"Ia."

"Wel . . . y . . . ydi am wn i, ond bod o'n gythril brwnt 'i law. Y fo a'r Nyrs Beic 'na ddoth â fi i fyny i'r groglofft 'ma. Nyrs yn cario 'nhraed i a Henri yn 'nhynnu i i fyny erbyn 'y nghorn gwddw . . . Fasa fo'n da i ddim i helpu buwch i ddŵad â llo, Mistar Tomos."

"Lle ma' Henri Rowlands rŵan?"

"Lle mae o? Dwn i ar y ddaear. Rodd o'n fama gynna' yn pistillio adnoda' uwch 'y mhen i, ac mi helis i o allan i chwilio am nythod ieir . . . Deith o ddim adra, medda fo, nes 'i fod o'n hollol siŵr 'mod i ddim am farw."

Fel roedd y Gweinidog yn hwylio i adael y groglofft a dychwelyd i'r gegin aeth Dafydd Robaitsh yn doredig ei ysbryd a dechreuodd gyfri ei fendithion fesul un ac un.

"'Dwi'n hynod o ffodus, Mistar Tomos, yn y wraig fach 'ma s'gin i."

"Yn ffodus dros ben."

"Ac mi rydw i'n ddiolchgar iawn am gal bod gartra fel hyn yn 'y nghroglofft fy hun."

"Ma' gynnoch chi le i fod yn ddiolchgar, Dafydd Robaitsh."

Sychodd yr hen ŵr ddeigryn oddi ar ei foch efo llawes y crys nos.

"A wyddoch chi am be arall rydw i'n ddiolchgar, Mistar Tomos?"

"Na wn i, Dafydd Robaitsh," a'r awyrgylch, bellach, yn denau a dymunol. "Diolch i'r drefn ma' efo beic Nedw'i hun yr es i drwy'i gwt haul o, ac nid efo rhwbath yn perthyn i rywun arall."

Fel roedd Eilir yn disgyn yn ôl drwy'r ceuddrws ac yn cychwyn i lawr yr ysgol clywodd Dafydd Robaitsh yn gweiddi nes roedd y gwely'n gwichian.

"Sali Ann! Gna fymryn o de cnebrwn' i'r Gwnidog."

Y gwanwyn canlynol — a Dafydd Robaitsh Heidden Sur, erbyn hyn, yn nerth y tonic dail poethion yn neidio llidiart mawr y Gors Haidd — cafodd Gweinidog Siloam, Carreg Boeth, ail ymweliad annisgwyl ei neges. Bella Stock-Roberts oedd ar garreg y drws a William John Tarw Botal hyd ci caru o'i hôl, ac yn edrych yr un mor euog. Roedd gan William John anferth o barsel hirsgwâr o dan un fraich.

"Sudach chi, Mistyr Tomys bach?"

"'Dwi'n iawn diolch. Sudach chi, Musus Stock-Roberts?"

"O *heavenly!*"

"A chitha', William John?"

"Cystal â'r disgwl, achan," mewn llais gŵr a orfodwyd i gerdded ail filltir anodd, "o dan yr amgylchiada' 'te."

"Mistyr Tomys, *will you be a dear?* Gawn ni gadw'r *parcel* 'ma yn ych garej chi dros y Sul?"

"Wrth gwrs. Ond . . . y . . . be yn union ydi o, deudwch?"

"Sh!" a rhoddodd Bella fys ewingoch wrth wefusau cochach. "*Mum's the word* 'te, cariad? Ma' David Robyts Heiddan Sur yn cal 'i ben blwydd bnawn Llun nesa', ac mi rydw i wedi prynu . . . beic yn bresant iddo fo. *Raleigh Aerodynamic Ten Speed Racer.* Ac ma' William John wedi dŵad â fo yma yn y *Ministry car.* Ynte, William John, dear?"

"Y . . . do, achan, fel ma' hi'n digwydd."

Cludwyd y beic newydd i garej y Mans a'i gloi yno yn gyfrinachol ddiogel.

"*It will be such a surprise* iddo fo. Diolch, Mistyr Tomys, cariad."

"Can croeso i chi gadw fo yma, ond 'dydw i ddim yn siŵr ydi o'n beth doeth i Dafydd Robaitsh reidio beic eto ar ôl y godwm. Yn un peth, mae o chwe mis yn hŷn bellach."

2

SANTA'R COPARÉT

Ar drothwy'r Nadolig roedd Ifans yng Nghwt-dal-pob-peth y Coparét yn hymian carol o'r *Detholiad* ac yn codi model o dŵr *Pisa* efo'r tuniau pys bach a oedd yn dal heb eu gwerthu. Bu Nadolig y Coparét yn un meinach nag arfer. Fel roedd o'n gosod un tun pys arall yn binacl i'r tŵr clywodd gloch y siop yn cael ei chanu'n ffyrnig a sŵn rhywun yn hambygio'r drws deuddarn wrth ei wthio'i hun i mewn drwy'r porth cyfyng. "Cwsmer," meddai Ifans yn falch a brysio i gyfeiriad y siop. Brysiodd yn ormodol. Dymchwelodd tŵr *Pisa* yn un gawod o duniau pys ac am eiliad gwelodd Ifans Nadolig gwahanol a llawnach. Cododd o'r llwch a cherdded yn sigledig i'w siop.

"Dolig llawan Ifans a blwyddyn newydd dda i chi, pan ddaw hi. Be oeddach chi yn 'i 'neud yn y cefn 'na? Trio styrbio llygod?"

"Sudach chi, John Ŵan?" ebe'r Coparét yn sych. "A chyfarchion yr ŵyl i chitha'."

Cymraeg prin iawn oedd rhwng Ifans y Coparét a John Ŵan Caneri, er i'r ddau unwaith fod yn brentisiaid yn yr un siop yn Ashby-de-la-Zouche ac yn rhannu gwely.

"Sut ma' busnes y dyddia' yma? Ar i fyny, gobeithio?"

"Matar i mi ydi hynny, John Ŵan. Y . . . fedra i fod o help i chi mewn unrhyw ffordd?"

Cythrodd John Ŵan Caneri i'r cynta o'r ddau bortmanto y bu'n eu llusgo i'r siop a dechrau 'i agor o'n frwd.

"Y fi sy'n dymuno bod o gynhorthwy i chi, Ifans. Ma' gin i yn fama . . ."

Ond cododd y siopwr ei law i'r awyr fel plismon ar groesffordd.

"Chymra' i 'run strap colli pwysa' arall gynnoch chi, dros 'y nghrogi. Mi fuo un o'r rheini bron yn angau i Musus Edwards y Felin, ac yn fraw oesol i'r pregethwr oedd yn digwydd bod yno dros y Sul . . . A fuo'r strapia' o ddim lles i musnes inna' chwaith, ran hynny."

"Ifans bach, ma'r ffyrm *Kick-a-slim* honno 'di mynd i'r wal ers pobeidia'. Trafaelio i gwmni bach arall rydw i rŵan. Un digon o ryfeddod."

"O. Deudwch chi."

"Ia'n brenin. A hynny fwy o ran plesar nag er mwyn elw. Yn bwriad ni, Ifans, ydi 'i throi hi'n Ddolig bob dwrnod o'r flwyddyn," a thynnu baich o fân daclau o'r portmanto du a dechrau 'u gosod nhw'n fyddin hir ar flaen y cownter.

"Be s'gynnoch chi, John Ŵan, soldiwrs pren?"

"Ga'i ofyn cwestiwn ne' ddau i chi, Ifans?" holodd y trafaeliwr a dal i dynnu'r petheuach o'r cês.

"Croeso i chi ofyn . . . Matar i mi fydd atab ne' beidio."

"Mi ryda chi'n dal efo'r achos mawr yn y lle bach 'ma?"

"Mi rydw i'n dal yn flaenor yn Siloam, os ma' dyna sy gynnoch chi o dan glust ych cap. Ac yn is-ysgrifennydd yr is-bwyllgor adeilada' at hynny."

"Cweit, ac yn hollol. Ac mi rydw i'n iawn, Ifans, yn tybio ma'ch cyfrifoldab chi, 'leni eto, fydd llenwi sach Santa Clôs, te parti'r capal?"

"Ia . . . Yn anffodus."

"Yn anffodus, ddeutsoch chi?" ac agorodd y Caneri ei big, fel 'deryn. "Anffodus?"

"Wel, John Ŵan, nid gwaith hawdd 'di pobi heb flawd. Ma' ceg pwrs Edwards y Felin mor dynn â phen ôl chwannan. Sut medra' i fodloni chwaeth yr oes a . . . a dal at brisia'r rhyfal byd cynta?"

"Amhosib', Ifans bach. Amhosib'!"

"A pheth arall, John Ŵan, nid gwaith hawdd 'di bod yn wreiddiol. Lwmp o fybl-gym a pheth berwi wya' 'di torri, dyna fydd hi 'leni eto. Yr unfad tro ar bymthag," a gostyngodd Ifans ei lais i dir sibrwd. "Ddigwyddis daro ar focsiad o betha' berwi wya' gin ryw Arab o Bootle, ac mi ces nhw fymryn yn rhatach am fod y tywod 'di dechra' rhedag . . . Ma' gin i ddigon o'r bybl-gym 'na mewn stoc, dim ond 'i fod o wedi rhyw hannar dechra' llwydo. Ond ma' 'i flas o'n dal yn iawn . . . Wel . . . y . . . hyd y gwn i."

"Ifans, 'da chi'n credu mewn rhagluniath?"

"Dydw i newydd ddeud 'mod i'n flaenor yn Siloam, ac ar y pwyllgor adeilada'," ebe'r siopwr, yn flin, wrth glywed John Ŵan yn amau ei grefydd.

Dechreuodd John Ŵan ddatbacio rhai o'r nwyddau a safai ar ymyl y cownter, mor ddiwyd â wiwer yn agor cnau, a ffrothio siarad 'run pryd.

"Rydw i wedi f'anfon yma, Ifans bach, yn ogystal â 'nanfon. Fedrwch chi ddim rhoi petha' berwi wya' heb dywod i blant capal . . . am yr eilfad tro ar bymthag!"

"Ma' nhw wedi mynd i gwyno peth," cyfaddefodd Ifans yn llesg. "Ac wrth nad oes 'na fawr o dywod ar ôl ynyn nhw ma'r cybia'n methu 'u hail werthu i bobl ddiarth."

"Cweit, ac yn hollol. Ma' gin i yn fama, Ifans, drysora' ddaw â llawenydd yn ôl i'w clonna' bach nhw. Ac mi godith dipyn ar ych standing chitha' fel Santa Clôs. Ylwch chi hwn?" a dal potelaid o bowdr, pygddu yr olwg, rhwng Ifans a'r golau.

"Be 'di o, John Ŵan? *Epsom Salts* 'di colli'i liw?"

"Powdwr i 'neud i chi gosi," eglurodd y trafaeliwr. "Rhowch y pinsiad lleia' o hwn i lawr asgwrn cefn rhywun a mi fydd yn crafu fel ci â llau arno fo. Wel . . . y . . . hyd at waed."

"Bobol!"

"Meddyliwch am yr hwyl fasa rhyw hogia' tua'r deuddag ma'n 'i gal efo'u hathro Ysgol Sul ar bnawn glyb . . . A drychwch ar hwn, Ifans," a dangos hen botel ffisig yn llawn o ryw hylif, anghynnes yr olwg. "'Dwi'n

27

pytelu hwn fy hun. Dim ond rhoi'r tropyn lleia' welsoch chi yn nhe dyn diarth . . ."

"A pha effaith ma' hwn yn 'i gal?" holodd y siopwr mewn rhyfeddod. "Ydi o'n 'rafu'r cosi?"

"Na, na. Peri i chi ollwng gwynt ma' hwn. Ar i lawr felly. 'Dwi'n cofio 'i drio fo allan mewn cwarfod cenhadol, ar amser te. Mae o'n garantîd."

Datbaciodd John Ŵan Caneri bacad arall a'i ddangos o i'r siopwr.

"'Nabodwch hwn, Ifans, ym mhig y frân?"

"Bybl-gym ffresh," atebodd y siopwr yn llawen. "Naboda' i fybl-gym yn rhwla."

"Pedwar ugian allan o gant i chi. Bybl-gym ffresh, ia. Ond un gwahanol."

"O?"

"Ma' hwn yn chwyddo yng ngheg rhywun fel mae o yn 'i gnoi o. Ma'r ffyrm yn deud 'i fod o wedi 'i neud yn arbennig ar gyfar pobol efo dannadd gosod."

"Felly."

"Prin y medar rhywun efo injian felly yn 'i geg gal 'i wynt, 'ne dyna sy'n cal 'i ddeud ar y lebal."

Dechreuodd Ifans y Coparét golli diddordeb, serch brwdfrydedd heintus y gwerthwr.

"Rydach chi *yn* cofio, John Ŵan, ma' diddori plant capal ar Ddolig ydi mhroblem i, ar y funud? Yn anffodus, dydi plant Carrag Boeth ddim yn prynu digon o dda-da i gael dannadd gosod."

"Rydach chitha' 'n camddallt y pwynt, frawd. Petha' i blant aflonyddu ar bobl hŷn ydi rhain, bob un . . . Ac ma' pobol yn oddefgar ar Ddolig."

A dyna'r pryd yr argyhoeddwyd Ifans y Coparét fod John Ŵan Caneri — serch profedigaethau'r gorffennol —yn ŵr wedi ei anfon i gwrdd ag angen. Ond, roedd gan yr anfonedig drugareddau fil eto i fyny'i lawes.

"A dyma i chi hwn eto, Ifans," ac agor bocs pils yn llawn

28

powdwr gwyn. "Mi fedrwch gymysgu hwn efo pinshiad o halan, a fydd neb ddim callach."

"Medrwch, yn tad. Cryfdar hwn 'di bod o'n peri i bobol dishian yn frwnt. Dim ond rhoi briwsionyn bach ohono fo ar ochor plat rhywun amsar cinio ac mi fydd yn tishian nes bydd y cyllyll a'r ffyrcs yn fflïo. Ac ma' hynny sefith ar ben pin yn ddigon i gychwyn ugian munud o dishian heb stopio, nes bydd dyn yn 'i ddagra' . . . Mi fydda' i'n teimlo fy hun bod amsar cinio Dolig, fel ma' rhywun yn dechra' byta, yn un o'r adega' gora'."

"Biti na fasa gin i esgus i alw efo Edwards y Felin tua hannar dydd ar bnawn Dolig," oedd ymateb Ifans, a llyfu 'i weflau wrth feddwl am y canlyniadau. "Ond go brin y medra' i drefnu'r peth."

"Ma' gin i fom yn fama, Ifans."

"Bom?" a dechreuodd y Coparét fagio, wysg ei gefn, i gyfeiriad y Cwt-dal-pob-peth. "Rhowch hi 'nôl yn y portmanto gynta medrwch chi."

"Ma' hi mor ddiniwad ag wy, Ifans bach. Bom ogla' drwg ydi hi ylwch."

"O, 'wela' i."

"'Tasa rhyw gog yn gollwng un fel yma yn y Festri Fawr ar ddechra'r band o hôp mi gâi'r Gwnidog a phawb arall noson bach wrth tân . . . Ond mi fasa'n rhaid peidio â defnyddio'r lle am bythefnos wedyn — ne' 'i ffiwmigetio fo 'te. Ogla' wya' gorllyd gewch chi. Amonia. Wrth gwrs, mi fasa hi 'run mor bosib' gollwng un ar ddechra' seiat, ne' rhwng dau' steddiad o Gwarfod Misol deudwch. Y . . . matar o chwaeth 'di peth felly."

Tyrchiodd John Ŵan Caneri i geg yr ail bortmanto a thynnu rhagor o ryfeddodau i olau dydd.

"Ma' gin i yn fama betha' fymryn bach yn wahanol, ond i'r un pwrpas. Sirioli Nadolig pobol, yn bell ac agos. Dyma i chi bry copyn, plastig. Mi fedrwch 'i ollwng o i lobsgows ych ffrindia' ne' 'i gymysgu o efo'r pwdin. 'Dwi'n cofio gwraig o Fae Trearddur 'cw yn llewygu wedi i mi wthio fo i lawr ffrynt 'i jyrsi hi. Mae o'n flewog, Ifans . . . ac yn oer. Teimlwch o, frawd,'' ond aeth y Coparét yn nes fyth at ddrws y Cwt-dal-pob peth.

"Ma' 'i olwg o'n ddigon i 'nychryn i, John Ŵan.''

"Cweit ac yn hollol. A diolch i chi.''

Bu galed y bargeinio. Sŵn awgrymog moto beic hogyn gŵr i chwaer John Ŵan — y cyfaill a'i danfonodd —hynny a hwylusodd bethau. Roedd y danfonwr, mae'n amlwg, yn awyddus i gael dychwelyd i Fôn cyn gynted â phosib'.

"Deugian punt Ifans am y job lot, yn cynnwys y sosej plastig, tabledi steinio dannadd gosod, injecshion i beri rigian a phumpunt o lwc dda i ddyn sy'n talu ar law.''

"Deg punt ar hugian, a dim dima'n chwanag. A thalu'r funud 'ma, efo'r pres rhydd.''

Chwyddwyd y sŵn refio motobeic, fel arwydd i John Ŵan bod y perthynas *yn* cychwyn, a bu'n rhaid iddo glensio'r fargen yn ôl y cynnig.

"Mi ofala' i, Ifans, y bydd y set gyflawn yn cyrradd yma efo'r fan londri cyn diwadd yr wsnos.''

"Thenciw, John Ŵan.''

"Diolch i chi . . .''

*   *   *   *

"Mi rydan ni felly yn dra diolchgar i'n parchus Wnidog am 'i sylwada' i ni yr hwyr hwn. Mi hir-gofiwn ni, un ac oll, yr hyn ddywedodd o am sancteiddrwydd y Tŷ. Ac felly, gyfeillion, os nad os 'na ddim arall mi ofynna' i i Mistar Tomos yn . . .''

"Gin i fatar bach y leciwn i roi o ger ych bronna' chi,'' mentrodd Ifans y Coparét a thorri ar draws Edwin Edwards y Felin, Llywydd y Mis. "Meddwl y basa' hi'n hwylusach i drafod o ar derfyn odfa na galw pwyllgor.''

"Mae o'n fatar 'neith gadw debyg?'' arthodd Edwards ac edrych i gyfeiriad y cloc. "Mi rodd hi'n chwe munud wedi ar Mistar Tomos yn deud 'Amen', ac mi fydd yn

30

rhaid i mi roi gola' i'r ieir eto cyn cal swpar . . . Nid siopwr 'di pawb ohonon ni, Ifans!"

Tuedd saint y tir uchel oedd llusgo'r byd i mewn i'r eglwys gerfydd ei glustiau a brawychu'r golomen nefol cyn iddi gael lle i orffwyso. Pwysleisio fod rhai profiadau a phrydiau yn gysegredig oedd byrdwn y Gweinidog bum munud ynghynt, ond gwyddai Eilir mai gwaith anodd fyddai tynnu Ifans o'r cyfrwy wedi iddo gychwyn ar gefn ei geffyl. Sibrydodd dros astell y pulpud.

"Caniatáu i Mistar Ifans ddeud yr hyn sy ar 'i galon o 'di'r gora'. 'Dwi'n siŵr y bydd o mor gryno ag sy weddus . . . o gofio'r amsar a'r lle."

Cododd y Coparét ar ei draed yn sbriws, gan dybio i'r Gweinidog roi tragwyddol heol iddo. Cerddodd heibio i Edwards y Felin hyd at y pulpud bach.

"'Dwi'n dra diolchgar i'm hannwl Wnidog am 'i gefnogaeth i'r matar s'gin i o dan sylw. Fel y gwyddoch chi, gyfeillion, ma' gŵyl fawr y Nadolig ar yn gwartha' ni, unwaith yn rhagor, a chyfla arall i ni roi'r plentyn yn y canol . . ."

"Mi rydach chi'n dal i gofio, Ifans, i mi ddeud 'mod i'n awyddus i roi gola' i'r ieir . . . cyn iddi wawrio!"

Anwybyddodd Ifans sylw'r Felin a mynd ymlaen â'i fater.

"Fel y deudis i, gŵyl y plant ydi hi, a fy hyfrydwch i, ers un mlynadd ar bymthag bellach, ydi 'u hanrhegu nhw ar ych rhan chi bob Dolig. Ma'r gwaith 'di bod yn blesar ac yn genhadaeth i mi. Ac mi leciwn i ych caniatâd chi, fel eglwys, i weithredu eto 'leni fel sy'n arferol. Y . . . dim ond matar bach fel'na, Mistar Llywydd. Hysbysiad yn fwy na chwestiwn i'w drafod, ddwedwn i," ac aeth y Coparét yn ôl i'w glustog, yn ddedwydd.

Wedyn y torrodd yr argae. Roedd yr ardalwyr wedi cael achlust, rhywfodd, fod Ifans y Coparét am wthio'r maen i'r wal ar derfyn oedfa a daeth amryw i'r gwasanaeth y

31

noson honno er mwyn dal ar y cyfle i olchi dillad budron y Coparét yng ngŵydd y cyhoedd.

"Os 'na hawl i aeloda' gal gofyn cwestiwn?" holodd Moyra Maclean, un o gwsmeriaid y Coparét ond a oedd heb dalu'i stamp yn Siloam ers blynyddoedd.

"Oes," ebe Llywydd y Mis, "dim ond iddo fo ddŵad drw'r gadar."

Agorodd Moyra geg wefusgoch mewn llawn anneall-twriaeth, ond daliodd i sefyll ar ei thraed.

"Ishio gofyn 'dwi i Ifans, be mae o'n feddwl 'i roi yn sana'r plant bach 'leni?"

"Matar i mi 'di hynny, Musus Maclean. A pheth arall, y dyfalu 'di hannar yr hwyl 'te?"

Daliodd Moyra ei thir. Ysgydwodd ei phen-melyn-potel yn uchel yn yr awyr, fel caseg ffresh mewn storm.

"Mae o'n fatar i'r capal i gyd tydi. A 'sdim ishio lot o ddyfalu a' Ifans 'di rhoi petha' berwi wya' yn 'u sana nhw ers pymthag mlynadd. Ma' gin Alison, yr hogan fenga' 'cw, ddwsin ohonyn nhw o leia' . . . A do's 'na 'run o'r petha' berwi wya'n cadw 'run amsar â'i gilydd."

Eisteddodd yn ôl yn ei sedd, yn stormllyd.

"Ma' hogan Moyra'n lwcus gyth . . . y . . . gynddeiriog 'i bod hi 'di cal peth berwi wy o gwbwl. Lwmp o bybl-gym, afiach yr olwg, gafodd y babi acw llynadd, a hitha' heb dorri daint. Ffact i chi. Cyn wiriad â mod i'n cydio yn y sêt 'ma. Gofyn am gyfiawndar ydw i. Dyna'r cwbwl."

Roedd Robin Llefrith, gŵr Elsi Gwallt, wedi gwirioni efo'i unig fabi newydd a gwerthodd y clwb yfed y Sul hwnnw i gael dod i Siloam i sgwario'r mater gydag Ifans y Coparét.

Cododd amryw eu llais, rhai yn gweiddi am gyfiawnder ac eraill yn hawlio pwys o gnawd y siopwr yn y fan a'r lle. Cododd Llywydd y Mis, i wastatáu pethau, fel y tybiai ar y pryd.

"Rhaid i ni gofio, 'nghyfeillion i, bod y petheuach 'ma ma' Ifans yn wthio i sana'n plant ni ar adag Dolig yn werthfawr a defnyddiol ryfeddol. Fel un o'ch plith chi sy'n cadw ieir, ac yn . . ."

Ma' hi'n bryd iddyn nhw gal gola'! gwaeddodd rhywun o gefn y capel.

"Fel ro'n i'n deud, cyn i mi gal fy atal, ma' gŵr fel fi sy'n cadw ieir ac yn gwerthu wya' brown yn gwbod yn dda mor bwysig ydi berwi wy yn briodol. Merfadd iawn fydda' i'n clywad blas wy heb 'i ferwi'n ddigonol. . . . A 'sna s'gin rywun arall sylw perthnasol mi . . ."

"Gin i gwestiwn y leciwn 'i luchio fo at Ifans," a chafodd y gynulleidfa gryn hwyl o weld Dafydd Robaitsh Heidden Sur — un anamlwg ac anaml yn y Tŷ — yn codi ar ei draed ac yn chwifio'r pastwn draenen ddu i gyfeiriad y Sêt Fawr.

"'Sgynnoch *chi* ddim plant, Dafydd Robaitsh," sylwodd Edwards y Felin, yn fyrbwyll.

"Wel nagos, hyd y gwn i," a throdd at y gynulleidfa, "ond dwn i ddim fedar Nedw 'ma atab yr un cwestiwn efo'r un pendantrwydd. Gin i go amdano fo cyn iddo fo gal 'i wthio drw' borth cyfyng y Sêt Fawr." Bu chwerthin uchel. "Dŵad yma i gynrychioli'r Ffridd Bella 'dwi heno, wrth bod gin Anni, chwaer Musus 'cw, olwg am ragor o deulu . . . ne' felly ma' William John yn trio clandro. Ac wrth bod 'no bump ne' ragor o betha' o dan oed ysgol ma' gin Anni bymthag ar hugian o'r mashîns berwi wya' 'na yn ôl y cyfri dwytha. Digon i agor ffatri bach, tasa'r tacla'n gweithio . . . Fasa' dim posib' i'r Llywydd 'u prynu nhw dan 'u gwerth, a'u gosod nhw ar lintar ffenast y cwt ieir fel rhyw symbyliad bach i'r cwennod . . . i wella yn 'u dodwy?"

Cafodd Dafydd Robaitsh gymeradwyaeth uchel a dechreuodd yr Hen Ŵr guro cefn y sedd o'i flaen efo'r pastwn i ennyn rhagor o wres yn y cyfarfod, yna eisteddodd yn fyglyd a lluddedig.

Daeth y Gweinidog i lawr o'r pulpud a chymryd yr awenau o ddwylo Edwards y Felin.

"Rŵan, gyfeillion, mi rydach chi wedi trafod hen ddigon ar y cwestiwn sy o dan sylw. Os odd hi'n chwe munud wedi saith arna' i heno'n gorffen pregethu, ma' hi rŵan wedi troi ugian munud i wyth. Ma'r mater, hyd y gwela' i, yn un reit syml. Ydach chi fel eglwys yn bleidiol i Mistar Ifans anrhegu'r plant, fel sy'n arferol, neu . . ."

"Ga' i'ch atgoffa chi, Mistar Tomos, bod gin i gytiad o ieir yn disgwl am oleuni," ebe Edwards o'r gadair freichiau, yn talu'r pwyth yn ôl i'r Gweinidog am iddo fo ddwyn y Llywyddiaeth oddi arno. Anwybyddodd Eilir yr ergyd lawchwith a mynd ymlaen.

"'Neith un ohonoch chi wneud cynnig, y naill ffordd ne'r llall?"

"Ga' i proposhio, Mistyr Tomys," ebe Gwraig Albert y Fawnog, yn groen anifail i gyd, "yn bod ni'n rhwystro Mistyr Evans y Co-oparetif Stôrs i wthio rhagor eto o betha' berwi wya' i sana'n plant ni? 'Dwi ddim yn fam fy hun, bellach, *worse luck,* ond mi rodd hogan bach y ferch 'cw acw efo mi dros Dolig — wrth gwrs ma hi'n od o siarp o'i hoed — ac mi rodd tywod Mistyr Evans yn colli o'r peth berwi wy i bob man. *Most unhygenic.* Mi ath peth ohono fo o dan ddannadd gosod isa' Albyrt 'cw. *Most awkward.*"

Eilio . . . Eilio Gwraig Albert gwaeddodd amryw.

"Diolch yn fawr . . . Os 'na welliant yn rhwla?"

Bu mudandod hir.

"Felly, pawb sy o blaid y cynnig i ddangos . . . Diolch gyfeillion. Mae o wedi 'i gario, yn unfrydol bron . . . Be rown ni'n anrhegion i'r plant ydi'r cwestiwn nesa', os na leciwch chi 'i adal o yn fatar i swyddogion yr eglwys?"

"Cynnig yn bod ni'n rhoi pres iddyn nhw," awgrymodd Robat Ŵan y Gydros, gŵr Meri Codwr Canu — tad i bedwar o blant ac un enwog am ei fydolrwydd. "Mi fydda' i'n teimlo bod 'na ryw afal mewn pres. A pheth arall, 'sa dim rhaid i neb ohonon ni brynu peth berwi wy efo'r arian gawn i. Mi fedra pob un ohonon ni roi o mewn cadw-mi-gei."

Neidiodd Robin Llefrith, eilwaith, ar ei draed. "Duwch, pres 'di pres 'te. Ffact i chi. Mynd â nhw i rwla y baswn i, iddyn nhw weld rhwbath heblaw cloddia' a walia'. Mi fredrwn fynd â nhw i wynt y môr, er bod hi'n aea'. Fasa peth felly yn well na phres i blentyn. Ffact i chi."

Mae hi'n debyg mai awgrym Robin i fynd â'r plant i weld rhyfeddodau a barodd i un o'r blaenoriaid, Lias Jones y Grepach — dyn syrcas a dyn seiat — wneud cynnig fymryn yn annisgwyl.

"'Dwi'n cal ar ddallt, Mistar Tomos, bod 'na ryw fynarjari anifeiliaid yn dŵad i'r dre at ddiwadd y flwyddyn. Fasa hi ddim gwell i ni fynd â nhw i le felly? Mi faswn i'n barod iawn i ddŵad efo chi i gadw cow arnyn' nhw."

"Eilio'r Grepach," gwaeddodd Robin Llefrith yn uchel, o'r cefn. "Fydda' peth felly yn addysg i'r petha' bach. Ffact i chi. A hwyrach y basa rhywun cefnog o'n plith ni, fel Edwards 'ma, yn talu am foliad o tships iddyn nhw ar y ffordd adra."

Codwyd coedwig o ddwylo i'r awyr, a phasiwyd y cynnig yn hwylus, cyn i'r Gweinidog gael cyfle i roi'r mater gerbron.

"Diolch i chi, gyfeillion. Ac mi derfynwn ni y gwasanaeth . . ."

"Rydach chi wedi esgeuluso un mater, a hwnnw'n un o dragwyddol bwys."

"A be 'di'r matar tyngedfennol hwnnw, Edwin Edwards?"

"Matar parti Dolig y rhei sy dros bump a thrigian 'te. Hawdd iawn 'di esgeuluso'r aeloda' hynny sy wedi dal pwys a gwres y dydd. Mi fydda'r cyn-Weinidog yn gry' iawn ar y pwynt yma . . . Y fi gafodd y fraint o lywyddu'r cyfryw y llynadd."

"Be 'da chi yn awgrymu, Edwin Edwards?"

"Wel, Ifans 'ma sy wedi bod yn cetro at hwnnw yn ogystal, yn y gorffennol agos. Ac os awn ni â'r cyfrifoldab hwnnw oddi arno fo eto, 'dwi'n teimlo y byddwn ni wedi clipio 'i ddwy adan o wedyn. Ond . . . y . . . cha' i ddim cynnig wrth 'y mod i fod i lywyddu, ond ffordd 'na ma' 'nheimlada' i'n rhedag.''

"Cynnig bod Ifans yn cal y gola' gwyrdd," awgrymodd Selwyn Wyn, mab William T. Williams, yr Ysgrifennydd, yn ifanc annoeth.

"Secondio'r proposal yna," ebe Gwraig Albert, "dim ond i Selwyn Wyn gofio yr eith ynta' yn hen, toc.''

Rhoddwyd y mater hwn eto gerbron a'i basio gydag ychydig fwyafrif. Roedd Eilir *yn* codi ei law i ddiweddu'r gwasanaeth a ddadeneiniwyd pan gododd Ifans y Coparét, unwaith yn rhagor, ar ei draed, wedi sirioli'n enbyd erbyn hyn.

"Dim ond gair bach o ddiolch i chi, un ac oll, am ych ymddiriedaeth yn y siopwr gwlad. 'Dwi'n addo y gwna' i 'ngora' y Dolig yma eto, er llwyddiant a lles yr achos. Ma' gin i ryw sypreisus bach i'r to hŷn. Mi ddaethon efo'r dyn londri, bnawn Gwenar dwytha . . . Dim ond gair bach o werthfawrogiad . . . A diolch i chi, Mistar Tomos, am lywyddu mor ddeheuig.''

Roedd hi erbyn hyn yn chwe munud wedi wyth ar gloc Siloam. Penderfynodd Eilir mai rhyfyg fyddai gofyn am fendith ar yr hyn a ddigwyddodd.

"Gyfeillion, ma'r cyfarfod ar ben.''

*　　　*　　　*　　　*

Aeth trip Nadolig plant Capel Siloam ymlaen yn hwylus ddigon, ar wahân i brofedigaeth neu ddwy ar ddechrau'r noson. Un wantan iawn oedd y fynarjari — fel y mynnai Lias Jones alw'r hanner sŵ a alwai heibio i'r dre yn achlysurol — a'r unig anifeiliaid a oedd i'w gweld yno, ar wahân i lwynog wedi ei stwffio, oedd hen fwnci oedrannus wedi colli'r rhan fwya' o'i flew ac eliffant efo un llygad.

Gyda'r mwnci y bu'r helynt cynta. Er mwyn dangos ei blu i'r plant a'r cybiau ifanc bu Robin Llefrith mor wirion

36

â rhoi stwmp sigarét i'r mwnci, a dechreuodd hwnnw smocio 'i hochr hi nes roedd o o'r golwg mewn cymylau o fwg a rhoi gwellt y caets ar dân. Treuliodd Eilir hanner y trip yn swyddfa'r perchennog yn ymliw ar hwnnw i beidio â rhoi Robin Llefrith yn nwylo'r Awdurdodau.

Profedigaeth wahanol gafodd yr eliffant. Mewn direidi, cydiodd Selwyn Wyn yng nghoes brwsh stabal, a gwthio'r pen blew bras yn union o dan gynffon yr eliffant; tybiodd hwnnw, wrth gam-weld, mai Edwards y Felin, a safai ar y pryd yn edmygu'r pen arall, a'i poenydiodd a chwythodd lond trwnc o ryw ffroth melyn am ben siwt Sul gŵr y Felin Faen. Gwylltiodd Edwin Edwards yn gynddeiriog a threuliodd y Gweinidog ail hanner y trip yn ceisio perswadio hwnnw i beidio â gwthio yr un brwsh, â'r pen yn gynta, i lawr corngwddw Selwyn Wyn.

Ym mharti Nadolig yr hen bobl y bu cyflafan. Roedd chwiorydd canol oed y Capel wedi paratoi pryd o fwyd diddorol i'r hen bobl a mwynhaodd pawb yr arlwy. Yna, wedi i'r gwragedd glirio'r llestri oddi ar y byrddau, cymerodd Edwards arno'i hun i lywyddu'r gweithgareddau. Clywyd tair cnoc ar ddrws y Festri i arwyddo bod Santa — sef Ifans y Coparét fel roedd hi'n wybyddus i bawb — ar gyrraedd. Rhoddodd Edwards shefl o law wrth ei glust.

"Glywais i sŵn curo, 'nghyfeillion i, ta fi sy'n dychmygu? . . . Well i ni weld pwy sy 'na?" a chychwyn yn araf i gyfeiriad y drws.

"Ifans y Coparét sy 'di cyrradd," eglurodd Magi'r Grepach yn ddiniwed, heb ddeall ysbryd y cwestiwn.

"Welais i o gynna, pan on i'n gwagio'r slops te. 'Odd o wrth y cwt boilar yn bustachu i wisgo'r siwt Santa, fel dyn yn trio blingo gwningan heb gyllall."

"Thenciw, Magi Jones," ebe'r Llywydd yn sych ond yn dal i chwarae mig efo'r henoed, fel tae nhw i gyd o dan bump. "Sgwn i ydi Santa 'di cyrradd? Fasa dim gwell i ni ganu deudwch? . . . Be fydd hi, 'nghyfeillion i?"

She'll be coming! gwaeddodd un o hynafgwyr yr ymylon o gefn y Festri, gŵr a ddaeth yno er mwyn y pryd bwyd, nid i'r chwarae plant dilynol.

"Ganwn ni, 'nghyfeillion i, 'Pwy sy'n dyfod dros y bryn' . . . Reit? . . . Un, dau . . .," a'i tharo hi yn llawer rhy uchel i rai am y pared â phedwar ugain.

Daeth Santa Clôs gyda'r teneua a welwyd i mewn drwy ddrws y Festri Fawr a sach blawd ieir o'r Felin, un modern, papur, yn faich cogio ar ei gefn. Fe'i croesawyd o gan y Llywydd fel tae o'n fab afradlon yn dychwelyd i dŷ ei dad ar ôl hir grwydro.

"A sudach chi, Santa bach? Ma'n dda calon gynnon ni ych gweld chi 'leni eto. Sut y daethoch chi cyn bellad?"

Efo'r drol ludw! atebodd y wag yng nghefn y Festri.

Dechreuodd Ifans annerch y gynulleidfa mewn llais gwneud, un main, main, fel ffliwt dun allan o diwn.

"Sudach chi, fy ffrindiau bach i?"

O dala fo.

Meri Crysmas 'di hon, Wil?

"Ydi pawb am roi'i hosan i fyny a mynd i' wely'n gynnar? Gin Santa bresant i bob un ohonoch chi."

Nid petha' berwi wya' gobeithio!

Wedi i'r chwerthin dawelu ailgychwynnodd Ifans ar yr un rwdwl.

"Ydach chi am ganu i Santa? Santa yn lecio chi'n canu."

Lle ma' 'i garw fo dŵad?

Ella bod o 'di i fyta fo, Wil.

Bu'n ofynnol i'r Llywydd, hunanddewisedig, ymyrryd er mwyn rhoi taw ar y cerrig ateb a oedd yng nghefn y Festri.

"Rwân, gyfeillion, pob chwara' teg i Ifa . . . i'r Santa sy gynnon ni. Mae o wedi dŵad yma i'n hannerch ni bob cam o Wlad yr Iâ. Y . . . i ble y byddwch chi'n mynd bella heno, Santa?"

'N ôl i'r cwt boilar!

Cafodd Santa a'r Felin gryn drafferth i ddehongli

38

enwau'r rhai a oedd i'w hanrhegu; roedd sgwennu Meri Elin, chwaer Ifans, yng ngwyll bylb ugain wat y Festri Fawr fel ôl traed cangarŵ wedi meddwi.

Cymerodd gryn awr a hanner i'r ddau rannu cynnwys y sach i gyd a Santa, dan gochl y locsyn wadin, yn hawlio sws gan y gwragedd ac Edwards yn ei gynorthwyo, fel tae o'n ddyn dal defaid ar ddiwrnod cneifio.

"Ma' gin Santa *un* presant bach ar ôl," gwichiodd Ifans a thyrchu i berfeddion y bag blawd ieir. "Dyma sy ar 'i lebal o, 'I Edwin Edwards, Ysw., Felin Faen'. Ddowch chi ymlaen, Edwin Edwards? . . . A'i agor o fora Dolig. 'Na hogyn da."

O dala fo.

Sws i Santa, Edwards.

"Thenciw, Santa Clôs . . . a 'newch chi ddiolch drosta' i i'r Capal."

Yn yr aliwê dywyll honno sy rhwng cegin y capel a'r drws allan yr aeth cywreinrwydd greddfol Edwards y Felin yn drech na'i addewid i'r Coparét. Agorodd y papur llwyd yn flysig; fflamiodd yn wynias pan welodd mai chwarter o'r bybl-gym arferol oedd ei ran, fel y tybiai.

Gwraig Albert a Magi'r Grepach a gafodd hyd i Edwards ar lawr yr aliwê yn ymladd am ei wynt, fel ci defaid ar des, ac yn chwyrnu yn lle siarad.

"Edwards bach," holodd Gwraig Albert, "be 'dach chi 'neud ar lawr yn fama? *Whatever for?*"

"'Di o 'rioed 'di meddwi . . . *cyn* Dolig?"

Chwyrnodd Edwards yn fygythiol fel ci yn colli ei asgwrn.

Plygodd Magi Jones a sylwi'n fanylach.

"Dydi 'i geg o'n llawn o dda-da, a'i ddannadd gosod o'n sownd yn 'i gilydd, fel tae nhw mewn feis. 'Dach chi'n fyw, Edwin Edwards?" a'i ysgwyd o'n frwnt. "'Tebwch fi!"

Chwyrnodd y Felin yn hecrach fyth.

"Wedi byta'i bresant Dolig mae o, Magi Jones, a hwnnw 'di chwyddo yn 'i geg o. Fasa dim gwell i ni drio gwthio coes llwy de rhwng y ddau blât er mwyn iddo fo gal mwy o wynt?''

''Ond tydi'r llwya' wedi'u golchi a'u sychu. Be taswn i'n trio gwthio blaen ambarel i lawr 'i gorn gwddw o.''

Cododd Edwards bâr o lygaid bolwyn a'u sodro nhw ar Magi'r Grepach; rhoddodd un rhuad fel llew *Metro Goldwyn Meyer*, a neidiodd Magi Jones yn ôl mewn peth braw.

Gyda choes llwy fwrdd wedi camu y cafodd Gwraig Albert y dannedd gosod a'r lwmp da-da tric allan o safn Edwards. Ei eiriau cynta' oedd — ''Mi taga' i o!''

Roedd y Santa Clôs yn hel dail yn hamddenol efo merched y te — rhai yn gwsmeriaid y Coparét — pan sylwodd ar Edwin Edwards yn sefyll yn fygythiol yn nrws y Festri Fawr, fel *Butch Cassidy* yn nrws salŵn yn chwilio am elyn. Sylweddolodd Ifans ei fod mewn perygl. Plannodd i gyfeiriad y cwt boilar a diogelwch. Dyna'r eiliad y gollyngodd gwaelod y sach blawd, a bom oglau drwg — anrheg wrth gefn — yn chwalu'n deilchion ar lawr y Festri Fawr, noson cyn cyngerdd y plant. Fel Aladin mewn ogof, diflannodd y Coparét yn niwl y funud.

* * * *

Bu sawl un o henoed Carreg Boeth yn gweld y Gweinidog o bobtu'r Nadolig — rhai wedi cael stwff steinio dannedd gosod gan Santa a hwnnw'n gwrthod codi, eraill yn dal i gosi ar ôl y powdr crafu — a phob un yn hawlio ymddiswyddiad Ifans y Coparét o'r Swyddogaeth. Pob un ond Hen Ŵr Heidden Sur.

Trannoeth yr Ŵyl y daeth Dafydd Robaitsh i'r Mans yn llawen i'w ryfeddu.

''Mistar Tomos, fedrwch chi ddim codi Ifans y Coparét yn ben-blaenor? . . . yn lle bod o'n ben-bandit?''

''Na fedra' i, Dafydd Robaitsh,'' mewn syndod. ''Be sy'n peri i chi ofyn hynny 'i mi?''

''Wel dydi o'n meddwl am ryw bresanta' Dolig digon o

40

ryfeddod," a thynnu lwmp du, blewog o boced ei drowsus. "Ylwch be ges i gynno fo, Mistar Tomos."

"Be ydi o, Dafydd Robaitsh?"

"Pry copyn bach, Mistar Tomos," a'i estyn o gerfydd ei goesau i gyferiaid y Gweinidog. "Un cogio."

"Deudwch chi," a bagio ddau gam yn ôl.

"Mi rydw i am 'i ollwng i lawr cefn ffrog Gwraig Albert . . . hynny ydi, os medra' i ymlwybro i'r Cwarfodydd Gweddia' Dechra' Blwyddyn."

Wedi blynyddoedd, bellach, o fugeilio praidd castiog Carreg Boeth gwyddai Eilir mai gwastraff ar eiriau a fyddai ymresymu â'r Hen Ŵr ac apelio am gymedroldeb.

Gwthiodd Dafydd Robaitsh y trychfilyn plastig o'r Coparet yn ôl i boced ei wasgod, ac ychwanegu, "Hi, Gwraig Albert felly, sy'n ista o 'mlaen i yn Siloam . . . fel y bydda'i mam hi o'i blaen hi. Ac mi fydda gin honno gythril o ofn pryfaid cop. Bydda yn brenin," a hwylio i godi o'r gadair freichiau.

Wedi sefyll i ffarwelio â'i Weinidog ar stepan drws ffrynt y Mans, poerodd Dafydd Robaitsh joch o sug baco yn union i lygad cath a oedd yn disgwyl am gyfle i sleifio i'r tŷ o'r oerni, a throi ar ei sawdl.

"Hwyl i chi, rŵan, Dafydd Robaitsh!"

"*So long*, Mistar Tomos . . . a gobeithio y cewch chi a'r teulu bach flwyddyn newydd heddychlon efo ni yn Siloam."

3

TATWS HADYD

"Mi fydd 'na gyfarfod i'r plant nos Ddifia' am chwech, pryd y bydd y Gwnidog yn 'u difyrru nhw efo Majic lantar . . ." Gwingodd Eilir o glywed Edwards y Felin yn cyhoeddi, ac yn cyfeirio ato fel petai o'n weinidog o ddechrau'r ganrif. ". . . Ac mi fydd y Seiat yn dilyn yn union, am saith. Yn ystod corff yr wsnos mi ddaw rhai o'r chwiorydd o gwmpas i hel at y bleind. Dyna'r cyfan am wn i . . . O ia, mi fydd 'na foddion yma eto'r Sul nesa', am ddeg a chwech, pryd y gwasanaethir *eto* gan ein parchus Wnidog ni." Ochneidiodd Edwards a thaflu gwep i gyfeiriad y Coparét a swatiai yn ei nyth yng nghongl y Sêt Fawr. "Unwaith yn rhagor ma' Ifans 'ma 'di blotio'r Llyfr Bach a ma' Mistar Tomos, yn anffodus, efo ni ddwywaith yn olynol . . . Dyna'r cyfan o gyhoeddiada' sy' wedi dŵad i law. Ond . . . y . . . 'dwi'n meddwl bod gin y Gwnidog air i' ddeud . . . yn *fyr.*"

Wrth godi i annerch rhyfeddodd Eilir, unwaith eto, at faint y gynulleidfa. Roedd yno o leiaf ddwywaith nifer y ffyddloniaid arferol ac yn eu plith rhai o gefnogwyr y Dydd Diolchgarwch yn unig; pobl fel Moyra Maclean Tu Hwnt i'r Afon, William John Tarw Botal, Robin Llefrith ac, o bawb, Dafydd Robaitsh Heidden Sur, yn gwenu'n siriol arno ac yn eistedd am y cefngor â'r Sêt Fawr. Roedd maint y gynulleidfa yn brawf digonol fod y newydd y bwriadai ei dorri i'r aelodau ar derfyn y gwasanaeth wedi ei rannu eisoes dros gownter y Coparét yn ystod 'corff yr wsnos', chwedl Edwards y Felin. Penderfynodd Eilir y dylai roi un gair o eglurhad cyn mynd at y prif fater.

"Diolch i Mistar Edwards am gyhoeddi, ond ynglŷn â'r chwiorydd fydd yn dŵad o gwmpas i gasglu, hel i gal bleind newydd i'r Festri y byddan nhw — nid casglu at y deillion. Rhag ofn i chi gamddallt," a chlywodd Edwards y Felin yn sibrwd yn glywadwy — "Biti goblyn iddo fo'u goleuo nhw ar y pwynt. Mi dorrith y casgliad i'r hannar."

". . . Yn ddiweddar, fel y gwyddoch chi, ma' Mistar William T. Willaims, cyn-Ysgrifennydd yr eglwys 'ma, wedi symud ardal a gadael Siloam efo tri blaenor yn unig, ac ma'r tri ohonyn nhw, yn anffodus, yn tynnu 'mlaen. A theimlo rydan ni, fel Swyddogion, bod yr amser wedi dŵad i ethol rhagor o flaenoriaid." Cododd porthi o rywle yng nghefn y capel. "Felly, wythnos i heno, mi fyddwn ni'n gofyn ych barn chi fel cynulleidfa ar y priodoldeb o ddewis rhagor o flaenoriaid ac yna, os bydd y bleidlais yn ffafriol, yn mynd ymlaen i ethol rhai cyn diwedd y mis . . . Dyna'r cyfan . . . Ac felly, i gloi y gwasanaeth, mi ganwn ni . . ."

"Os 'na ryddid i rywun ofyn cwestiwn?" ebe llais o'r llawr.

"Wel . . . y . . . tydi hi ddim yn arferol i drafod matar fel hyn, dim ond i roi o i bleidlais . . ."

"Cynnig ych bod chi'n caniatáu," meddai Edwards. "Peth peryglus ydi mygu barn. Hwyrach yn bod ni fel Swyddogath 'di bod yn feius yn hyn o beth . . . 'Dwi 'di bod o blaid rhyddid barn ers pan on i'n ddim o beth."

Porthodd amryw eu cymeradwyaeth, ond yn fwy i farn Edwards nag i'r gair o brofiad a fynegwyd ganddo.

"Dyna ni 'ta. 'Dydw i ddim am fygu rhyddid barn neb. Os oes gan un ohonoch chi gwestiwn perthnasol, ynglŷn â'r drefn o ethol blaenoriaid ac yn y blaen, mi wna' i ngora' i'w atab o."

Bu rhai eiliadau o dawelwch annifyr. Amryw yn awyddus i nofio ond yn disgwyl i ryw ffŵl mwy na hwy'u

43

hunain i neidio i'r dŵr i gychwyn. Yna, cododd Robin Llefrith ar ei draed.

"Lecio gofyn baswn i, fydd hi'n bosib' rhoi cic owt i'r hen rei?"

"Cynnig, Mistar Tomos, ych bod chi'n gadal cwestiwn fel'na ar y bwrdd."

"Wel . . . y . . . chi, Edwin Edwards, siaradodd o blaid rhyddid barn, a . . ."

"'Dwi i ddim o blaid i bob barn gal 'i mynegi."

"I atab ych cwestiwn chi, Robat Williams," a chododd Eilir ei lais. "Os ma' gofyn ydach chi fyddwn ni'n ethol set hollol newydd o flaenoriaid, yna yr ateb ydi na. Yn ôl trefn yr enwad y digwyddwn ni berthyn iddo fo ma' pob blaenor yn cal 'i ethol am oes."

"Am byth felly?" yn amlwg siomedig.

"Wel, tra bydd o byw . . . Ydi'r atab yn ych bodloni chi?"

"Ma'r ateb yn ddi-fai, am wn i," ac eistedd i lawr yn sorllyd. Bu dadlau at daro rhwng Robin ac Edwards y Felin yn ddiweddar, wedi i'r fan lefrith fynd dros un o'r ieir dodwy allan; wedi clywed am y dewis blaenoriaid, yn ystod un o'i sesiynau yn y Crown, brysiodd Robin i Siloam gan obeithio y byddai hi'n bosib' troi Edwards allan i bori.

"Felly, 'snag os 'na sylw arall . . ."

"Os 'na obaith i ni'r *ladies* gal yn pig i mewn, Mistyr Tomys?" holodd Gwraig Albert â'i llygaid yn barod ar le yng nghorlan gysgu Siloam. "Teimlo rydw i bod y Sêt Fawr ar hyn o bryd yn llawn dop o ddynion. Sbiwch chi be sy gynnon ni'n arwain yr eglwys yn Siloam . . . Tri hen ddyn! . . . Wel . . . a chitha', 'te Mistyr Tomys. Ond 'drychwch ar y gynulleidfa," a thaflodd Gwraig Albert law fodrwyog dros bennau'r saint. "Gwragedd, *ladies,* ydan ni bron i gyd."

"'Sgynnoch chi, Musus Lewis, gwestiwn i'w ofyn?"

"Wel gofyn 'dwi, 'te Mistyr Tomys, fedra' i a 'nhebyg fod yn flaenor?"

Yn anffodus, cyn i Eilir gael cyfle i agor ei geg i ateb, cododd Musus Bella Stock-Roberts y Gors Haidd ar ei thraed, a chododd chwa ysgafn o sent *Channel No. 5* i felysu awyr stêl capel Siloam.

"Mistyr Tomys, cariad, *may I be of assistance?*" Gwridodd y Gweindiog. "Pan odd Frederick, y gŵr cynta' felly, a finna' yn y *tea plantations* yn Ceylon, mi fydda' ni, *sometimes,* yn mynd i capal y *natives*. Merchaid odd y blaenoriaid yn fan'no, ond 'u bod nhw i gyd yn *British* 'te . . . ac yn wyn . . . Gobeithio bod *remark* bach fel'na yn help i chi, 'te *dear?*"

Gyda chil ei lygaid sylwodd Eilir ar Hen Ŵr Heidden Sur yn ymdrechu'n fusgrell i godi o'i sedd a William John yn cydio ym mhen ôl ei drowsus a'i dynnu i eistedd drachefn. Sylweddolodd Eilir y byddai'n well iddo gloi'r gwasanaeth ar hast, cyn i Dafydd Robaitsh gael ei fys i'r brywes.

"Gyfeillion, ma' 'na hen ddigon o drafod 'di bod. Ma' Musus Stock-Roberts yn hollol iawn. Ma' 'na ryddid yng Ngharrag Boeth 'ma, fel yn Ceylon, i ddewis gwragadd i arwain gyda'r Achos. Ond . . . y . . ." ond tarfwyd ar y sylwadau gan gythrwfl eto o'r seddau blaen.

"Mistar To . . . o . . ." a thynnwyd Dafydd Robaitsh i lawr eto, wysg ei gefn, nes roedd o'n eistedd yn ôl yn ei sedd gyda chlec.

"Paid, gythral!"

"Fasa' dim gwell i ni roi sgert am be sgynnon ni?" awgrymodd Wili Wyn, yn ddigywilydd, rywle o gefn y capel.

Gwylltiodd Edwin Edwards yn enbyd.

"Ma' ishio i'r cybia' ifanc 'ma gofio ble ma' nhw . . . Ar y pwynt, Mistar Tomos, o roi trowsusa' am ferchaid. Dros 'y nghorff marw i y daw neb ohonyn nhw ata i i fama." Yna, toddodd beth. "Heblaw ma'n dda iawn cal 'u help nhw efo hel at y bleind . . . a bellu."

Sylwodd Eilir fod Dafydd Robaitsh yn ymdrechu i godi

eilwaith; clywodd 'Paid, gythral' arall a gwelodd yr Hen Ŵr yn anelu slap o'i ôl efo'r pastwn draenen ddu. Wrth dynnu Dafydd Robaitsh i lawr cafodd William John, 'run pryd, ei godi i fyny. Yn ei ddychryn, ac am y tro cyntaf erioed yn ei hanes, siaradodd mewn capel.

"Ofn drw' 'mhen . . . 'nghalon 'dwi, achan, i'r byg . . . i 'nghyfaill styrbio." Rhyfeddodd ei fod wedi llefaru o gwbl ac aeth ymlaen. "Gan 'y mod i ar 'y nhraed, achan, ga'i ddeud nag ydwi'n gweld fawr o bwynt mewn pigo mwy eto o betha' tebyg . . . 'Sna ddim posibl' trwsio dipyn ar be sgynnon ni'n barod? . . . Dyna sy ar y meddwl i, achan."

Fel roedd y William John, cynhyrfus, yn hwylio i eistedd cafodd Dafydd Robaitsh gyfle i godi.

"William John Tarw Botal 'ma, Mistar Tomos, yn tynnu yn nhin 'nhrowsus i bob tro ron i'n trio codi. A mae o'n pinshio fel feis bach."

Sylwodd Eilir fel roedd y saint yn mwynhau sylwadau Hen Ŵr Heidden Sur yn llawer mwy na'r bregeth chwarter awr ynghynt.

"Gynnoch chitha' gwestiwn, Dafydd Robaitsh?"

"Gofyn s'gin i bensiwn mae o?" a throi at William John. "Wel be haru'r dyn? 'Dydi o'n gwbod yn burion 'mod i'n derbyn pensiwn Lloyd George." Dyrchafodd ei lais. "Ydw, Mistar Tomos, mi 'dwi'n cal blewyn o bensiwn, fel gwyddoch chi. 'Dydach chi 'di bod yn deud clwydda' drosta' i ers blynyddoedd."

"Gofyn nes i, Dafydd Robaitsh, os odd gynnoch chi ryw gwestiwn i'w ofyn."

"Gofyn s'gin i gwestiwn 'da chi?"

"Ia."

"Nagos, am wn i . . . 'Sgin i 'run cwestiwn," a chamu allan o'i sedd.

Cerddodd Dafydd Robaitsh yn llesg i gyfeiriad y Sêt Fawr yn darnlusgo clamp o barsel, crwn, o dan un fraich a pharsel arall, llai a llai siapus, yn ymwthio allan o boced ei grysbas.

46

"Sali Ann 'cw a finna' yn meddwl y basa' ni'n lecio rhoi hwn yn bresant i'r capal," a thynnu clamp o gloc pared wyth niwrnod allan o'r papur brown a'i sodro fo yn nwylo'r Gweinidog. "Ffastio dipyn mae o at ddiwadd yr wsnos. 'Tasa chi'n tynnu'r bys mawr 'ma chwartar awr yn ôl bob bora Llun mi gadwith amsar fel Big Ben."

"Wel . . . y . . . mi rydan ni i gyd yn ddiolchgar iawn i chi . . . ac i Musus Roberts . . ."

Dechreuodd yr Hen Ŵr dorri i lawr.

"Fydd chwith garw i mi am 'i gwmni o. Hwn fydda' gin Ann Robaitsh, 'y chwaer pan odd hi, ar balis y groglofft," a chrymu'i ben nes cyffwrdd y cloc bron. "Os 'da chi'n clywad pwff o ogla paraffin, Mistar Tomos, William John Tarw Botal sy 'di bod yn trin 'i gocos o cyn iddo fo gal dŵad yma."

"Deudwch chi," ebe'r Gweinidog a rhoi'r cloc ar y bwrdd o'i flaen.

"Liciwn i 'tasa chi'n rhoi hoelan bach i' ddal o i fyny yn y capal 'ma . . . i gofio am 'y chwaer 'te, pan odd hi."

"Ma' 'na gloc yn y capal 'ma'n barod," gwichiodd y Coparét, "er co' am 'y niweddar dad."

"Ddaru Ifans ddeud rhwbath rŵan, Mistar Tomos, 'ta sŵn pres odd yn tincial yn 'i bocad o?"

"Deud rodd Mistar Ifans bod 'na *un* cloc yn y Capal 'ma'n barod."

"O? . . . Ond fedar neb ddeud be 'di hi o'r gloch ar hwnnw . . . ond y pregethwrs . . . a rhyw betha' sy'n ista yn Sêt Fawr. 'Dos posib' i neb arall wbod faint mwy sy raid i ni ddiodda' cyn bod ni'n cal mynd adra."

O dri chwarter hyd y Capal sylweddolodd Gwraig Albert fod Dafydd Robaitsh yn cyflwyno trysor o gloc, un hen ffasiwn iawn, yn rhodd i gapel Siloam, er na wyddai'r Hen Ŵr ei hun mo hynny.

"Cynnig, Mistyr Tomys, ein bod ni'n derbyn haelioni teulu bach Heiddan Sur, a'n bod ni'n 'i hongian o uwch ben yr adnod, rhwng y ddwy ffenast."

47

Eiliodd amryw.

Wedi i'r Gweinidog ysgwyd llaw, a diolch yn llaes unwaith yn rhagor, cychwynnodd Dafydd Robaitsh yn ôl am ei sedd. Yn sydyn, trodd yn ei garn a llusgo'n ôl at y Gweinidog, a thynnu'r parsel arall allan o boced ei grysbas a dechrau ei ddatbacio yn y fan a'r lle.

"Fuo bron goblyn i mi anghofio . . . Sali Ann 'cw a finna' am roi hwnna i Musus Tomos a chitha'."

"Sut?"

"Fasa'n biti i ni roi rhwbath i'r caets ac anghofio am y byji . . . Cyw iâr bach ydi o," ac wrth weld y Gweinidog yn oedi derbyn, "ma' hi'n olreit i chi gydio yno fo, Mistar Tomos, ma' Sali Ann 'cw 'di tynnu 'i berfadd o allan cyn i mi gychwyn."

"Wel . . . y . . . ga' i ddiolch yn bersonol ichi, Dafydd Robaitsh . . . am . . . y . . ."

"'Sdim gofyn i chi ddiolch i Sali Ann a finna', Mistar Tomos bach. Yn braint ni 'di rhoi hwb i'r Achos Mawr." Yna, fel roedd o'n hel y papur brown at ei gilydd cyn cychwyn yn ôl i'w sedd, "fel y deudoch chi, ar ych tipyn pregath . . . os ces i ben llinyn y peth yn iawn, ma' dipyn o grefydd ymarferol yn werthfawr i rywun sy â'i lygad ar arwain mewn eglwys."

Fel roedd o'n ledio'r emyn olaf daliodd Eilir ar amryw yn y gynulleidfa yn jotio enw Dafydd Robaitsh Heidden Sur ar dudalen gefn y Llyfr Canu fel enw gwerthfawr, os fymryn yn annisgwyl, ar gyfer ras blaenoriaid Capel Siloam.

*   *   *   *

Hynafgwr o Weinidog ac aelod o *Politburo* y Cyfarfod Misol a wthiodd bric i olwyn Dafydd Robaitsh a hynny cyn iddo gael tro llawn iddi. Naw niwrnod cyn y Sul dewis blaenoriaid galwodd y Parchedig Hebron Hughes heibio i'r mans, a chael ei gamgymryd gan Jên Ifans am yr hyn

48

alwai'r howscipar yn 'Jehofa Widnes' a'i gyflwyno felly i Eilir.

"Jeho? . . . Bobol! Hebron Hughes, chi sy'ma? . . . Dowch i'r Stydi."

"Sut ydech chu, fachgen?" ac edrych drach ei gefn ar Jên Ifans yn diflannu i'r gegin. "Ydu'n chwaer yn aelod o eglwys?"

"Ma' hi'n ffyddlon iawn, iawn yn Siloam 'ma."

"Rhyfedd, fachgen, na fydde hu wedi fy 'nabod u, a finne 'du pregethu 'ma sawl tro."

"M . . . byr i golwg 'di hi . . . A 'dydi chlyw hi ddim yn ecstra," mewn ymdrech i gadw pen Jên Ifans. "A ma' 'i cho' hi'n anobeithiol."

"'U cholled hu 'du hynny, fachgen."

Hen ŵr diddorol yn berwi o natur dda oedd Hebron Hughes, ar wahân i ddau nam bychan. Er i'w fam, flynyddoedd mawr yn ôl, ei ddysgu i siarad tafodiaith dlos pobl godre'r Preseli rhoddodd heibio'r enedigaeth fraint honno gan geisio dynwared iaith lafar trigolion Carreg Boeth a'r cyffiniau, a methu'n druenus yn yr ymdrech. Fel Jeremiah Roberts yn nofel T. Rowland Hughes, *Y Cychwyn*, mynnai broselytio'r 'i' dot a'i phlygu yn 'u' bedol, o fath, yn arbennig felly ar ddiwedd geiriau. Y nam arall, oedd rhoi cymaint pwys ar *Lawlyfr Rheolau'r* enwad ag ar yr efengyl ei hun.

"Ma'n ddrwg 'da fu afradu'ch amser chu, fachgen."

"Popeth yn iawn . . . 'Dwi'n falch o'ch gweld chi."

"Chu'n gyfarwydd â hwn, gobeithio," a thynnu'r llyfr rheolau, clawr coch, o boced ei gôt ucha'.

"Dwi wedi 'i weld o o'r blaen, a ma' 'na gopi yn y Stydi 'ma . . . yn rhwla."

"Dda gen u glywed hynny, fachgen. Os . . ."

Cerddodd Jên Ifans i mewn i ganol y Stydi, a dwy gwpanaid o goffi chwilboeth yn stemio'n braf ar yr hambwrdd. Cododd Eilir o'i gadair i'w cyflwyno i'w gilydd, yn ffurfiol.

"Mistar Hughes, dyma Miss Jên Ifans . . ."

"Jên Ifans, ga'i gyflwyno . . ."

"P-peidiwch â deud pwy 'di o . . . 'Dwi'n n-nabod i w-wynab o'n iawn . . . 'Dwi 'di'ch gweld chi o'r blaen . . . yn rhwla."

"Do siŵr, 'merch u," ebe Hebron yn falch.

"'Sgynnoch chi enw fath ag enw c-capal?"

"Chu'n twymo iddu nawr."

Torrodd gwên fel swllt newydd dros wyneb Jên Ifans.

"Chi fuo yma ddiwadd yr ha pan odd siwrej y Coparét 'di b-blocio."

Sodrodd y Gweinidog yr hambwrdd gwag yn nwylo Jên Ifans a phwysleisio dweud pob gair.

"Cyn-Weindiog Soar, Rhyd-y-ddraenan, ydi'r Parchedig Hebron Hughes — nid dyn siwrej!"

"Wel ma' 'na ddau o bawb ohonon ni medda nhw . . ." a diflannu unwaith eto i'r gegin.

"Rhyfedd, fachgen, na fydde hu yn fy nghofio u hefyd."

Wedi'r saib i goffi cafodd Hebron gyfle i fynd at wir bwynt ei ymweliad.

"Ma' hu'n ofidus u mu, fachgen, hysbysu eich bod chu fel eglws yn torru rheol arbennig ynglŷn ag ethol blaenoriaid."

Cynhyrfodd Eilir braidd, o gael ei alw i gyfri ar ei aelwyd ei hun.

"Be 'da chi'n feddwl, Hebron Hughes?"

"Chu'n gyfarwydd â Rheol Dau ar dudalen un deg tru?" a dechrau darllen. "Na ddyger y mater gerbron unrhyw eglwys, onu bydd ar y pryd mewn sefyllfa iachus, ac yn rhydd oddu wrth derfysg ac ymbleidio a heb unrhyw gwestiwn dadleugar yn aflonyddu ar eu heddwch."

"Ia, ond be sy a wnelo ni yn Siloam â . . ."

"Rwy'n cael ar ddeall, fachgen, fod brawd arbennig o'ch diadell chu, yma yn Siloam, yn euog o lwgrwobrwyo'r praidd . . . o darfu'r defed."

"Llwgrwobrwyo? . . . Pa frawd arbennig sy'n llwgrwobrwyo pwy?"

Tynnodd y Parchedig Hebron Hughes damaid o bapur o boced ei wasgod a darllen enw, yn betrus.

"Un Davud Roberts . . ."

"Dafydd Robaitsh? . . . Heiddan Sur? . . . Bobol!"

Bu saib yn y sgwrs fel roedd y newydd annisgwyl yn sincio i ymwybod Gweinidog Siloam.

"Dafydd Robaitsh? . . . O bawb!"

Tynnodd Hebron Hughes ei hun i fyny o bantle'r gadair, a dweud yn awdurdodol,

"Os dewch chu gen u yn y car, fachgen, fe awn nu draw i gael gair 'da'n cyfell nawr."

"Ddim diolch yn fawr i chi . . . Wel, ddim heb fod 'na fwy o brawf o hynny na hyn'na."

"Mater i chu 'du hynny, fachgen. Ond os na chaiff y Cwrdd Mishol 'u fodlonu, yna fydd 'na ddim pleidleisio yn. Siloam wythnos i'r Sul," a chodi o'i gadair.

O weld y môr yn cau amdano penderfynodd Eilir blygu i'r drefn. Gallai diwedd peth fel hyn fod yn waeth na'i ddechrau. Agorodd ddrws y stydi'n foneddigaidd er mwyn i'r Parchedig Hebron Hughes gael croesi'r trothwy'n gyntaf.

Syrthiodd Jên Ifans, a oedd â'i chlust wrth dwll y clo, yn un sach tatw i freichiau y dyn siwrej.

"Gan bwyll, 'merch u, gan bwyll!"

Edrychodd Hebron i lawr ar wyneb Jên Ifans a orweddai yn ei gôl.

"Rhyfedd, fachgen, na fydde hu yn fy nghofio u hefyd."

*   *   *   *

Bu bore'r diwrnod hwnnw yn ddydd o genhadaeth hwylus i Dafydd Robaitsh. Cafodd de ddeg, 'run pryd â'r gweision, yng Ngherrig Pryfaid ac addewid am bleidlais Dwalad Pierce a'i wraig, y ferch a'r mab-yng-nghyfraith, a hynny ar gorn triphwys o datws hadyd. Yn anffodus,

51

Bedyddiwr anffyddlon oedd un o'r gweision a'r llall, glaslanc tua'r un ar bymtheg, yn bagan o argyhoeddiad. Roedd hen wraig Pwll Parddu yn falch ryfeddol o'i weld, ac o gael prawf gwirioneddol fod Dafydd Robaitsh yn dal ar dir y byw, ac yn falchach na hynny o dderbyn hanner dwsin o wyau, er ei bod hi'n cadw ieir ei hunan. Yn anffodus, wedi i Dafydd Robaitsh drosglwyddo'i offrwm yr eglurodd yr hen wraig y byddai hi'n debyg o gael pobl ddiarth noson y pleidleisio; fe'i sicrhaodd, fodd bynnag, y byddai'n meddwl llawer amdano ar yr awr dyngedfennol.

Wedi iddo gyrraedd Tu Hwnt i'r Afon, y stad Tai Cyngor, yr aed â gwynt o hwyliau Dafydd Robaitsh. Cnociodd yn fwyiog ar ddrws paent gwyrdd, Rhif 11, cartref Moyra Maclean a'i fflyd teulu. Rhuthrodd Cleaton, hogyn i ferch Moyra, i agor y drws a chafodd y bychan fraw ei oes.

"Nain! . . . Nain! . . . Tramp!" a'i phlannu hi'n ôl am ddiogelwch y sgylyri.

"Deud wrth y sglyfath am 'i heglu hi 'ta."

Gan fod y negesydd yn oedi dychwelyd efo'r neges mentrodd Dafydd Robaitsh gnoc arall. Clywodd sŵn styrbio ym mherfeddion y sgylyri, yna sŵn 'sgidiau stileto Moyra Maclean yn anelu'n ffyrnig am y drws ffrynt.

"Pam gythral na 'nei di 'neud fel ma' dy Nain yn gofyn i ti? . . . Be ddi? . . . Nefodd 'radar, chi sy 'ma, Dafydd Robaitsh? . . . Be 'da chi'n 'neud? Chwara' Santa Clôs yn 'rha?" o weld sach tatws ar gefn yr Hen Ŵr.

"Ydach chi'n o lew, Musus Maclean?"

"Hogyn Sandra 'ma yn deud wrtha i ma' hen dramp odd 'ma. 'Dwn i ddim be ddaw o blant 'roes yma. Na wn i, 'tawn i'n marw. Mae o'n deud clwydda' fel mae o'n deud gwir." Trodd ei phen melyn potel i gyfeiriad y sgylyri a bloeddio. "Cleaton! Tyn dy drowsus i lawr yn barod . . . i chdi gal chwip din iawn gin Nain."

"Dwâd yma 'rydw i, Musus Maclean," a gollwng y sach

tatw i lawr dros ei war, "i ofyn am ych wyllys da chi wsnos i'r Sul."

"Siŵr iawn, Dafydd Robaitsh. Ishio mwy o betha' fath â chi sy'na."

"Y?"

"Deud bod ishio mwy o rei fath â chi yn y Sêt Fawr 'na."

"Thenciw," a thynnu deubwys o datws o'r sach.

"A 'dwi'n rhannu dipyn o datws hadyd i'r aeloda' 'run pryd."

"Tatws hadyd ddeutsoch chi? Wel be gythral 'na i a fy siort efo tatws hadyd?" Pwysodd Moyra ei chefn ar gilbost y drws a phlethu'i breichiau dros ei brat mewn ystum blagiard.

"Tatws hadyd wir! 'Da chi ddim wedi gweld yr ardd 'ma, Dafydd Robaitsh? Ma' hi fel jyngl."

"Rhei Cing Edwards ydyn nhw," ebe'r Hen Ŵr a dal y tatws i fyny yn llipa.

"Cing Ed? . . . Wath gin i 'tasa nhw'n rei i Cing Ffarŵc ddim . . . A pheth arall, ma' nhw'n deud i mi ych bod chi'n medru rhoi wya' i rei pobol.

"Wel . . . y . . ."

"Wya', medda nhw i mi, gafodd hen ddynas Pwll Parddu . . . er bod y lle'n berwi o ieir. Ac 'nôl be glywis i, mi gafodd y Gwraig Albert 'na ddwsin gynnoch chi hyfyd. A nhwtha' yn byw ar ffarm. Ma' gynnoch chitha'ch pobol, Dafydd Robaitsh. 'Fasa rhywun yn medru gneud iws o hannar dwsin o wya' . . . 'Fasa' rheini yn gneud dipyn o gwstard i'r plant 'ma . . . Ond dwn i ddim be gythral fedar neb 'i 'neud efo tatws hadyd . . . Ylwch chi'r giât 'na, Dafydd Robaitsh?"

"Cath? Na, wela' i ddim cath yn unlla," ebe'r Hen Ŵr, wedi cynhyrfu i gyd yn wyneb y fath lanw geiriol cwbl annisgwyl. "Lle gwelwch chi gath, Musus Maclean?"

"Giât! . . . Welwch chi'r giât 'na?"

"'Run werdd 'na efo rhwd haearn? . . . Gwela', mi wela' i honna heb sbectols."

"Ewch drwyddi hi 'ta . . . cyn i mi alw ar Wil 'ma i'ch lluchio chi . . . Welwch chi 'run fôt o'r cartra yma . . . er y byddwn ni yno i gyd, fel arfar."

"Thenciw."

Ond yr hyn a frifodd Dafydd Robaitsh Heiddan Sur, yn fwy na min geiriau Moyra Maclean, oedd gweld Cleaton yn sefyll yn bowld yn ffenestr y llofft yn gwneud siap wyau efo'i fys a'i fawd ac yn tynnu'i dafod allan ar y tramp.

Cychwynnodd tuag adref yn siomedig a hithau'n dechrau tresio bwrw glaw mân.

*   *   *   *

Y Gweinidog a gafodd hyd i Dafydd Robaitsh yn llusgo'n llesg ar hyd y ffordd fynydd a arweiniai o bentref Carreg Boeth i gyfeiriad Heiddan Sur a'r Gors Haidd, â'r sach tatws yn hongian yn llipa dros ei war, serch ei bod hi'n nos Sul. Cerddai'r Hen Ŵr yn wargam, yn union ar ganol y ffordd, yn gwbl fyddar i bopeth ond ei feddyliau a'r glaw mân oedd yn gyrru o'i ôl.

Canodd Eilir gorn y car unwaith neu ddwy ond i ddim pwrpas. Dal i frwydro 'mlaen â'i ben yn ei blu roedd Dafydd Robaitsh. Penderfynodd Eilir wthio trwyn y car yn ofalus heibio i ystlys yr Hen Ŵr, a bloeddio wrth basio,

"Sudach chi, Dafydd Robaitsh?"

"O! drapia' gythril ulw," a neidio wysg ei ochr, fel milwr i drensh, nes roedd o at ei fferau mewn ffos wleb.

"Drwg gin i os rhois i dipyn o fraw i chi, ond . . ."

"Mistar Tomos, chi sy'na? Wel pam andros na chanwch chi'r corn . . . yn lle bloeddio fel town creiar, mewn gwlad efengyl? . . . Ma' fy 'sgidia Sul i'n drybola."

"Fel deudis i, 'dwi'n ymddiheuro . . . Ylwch, dowch ata' i i'r car 'ma, ac mi ro' i bas i chi adra."

"Thenciw."

54

Daeth Eilir allan o'r car i lwytho'r Hen Ŵr.

"'Rown ni'r sach wleb 'na ar y sêt gefn."

"Rhoi'r sach 'ma ar y sêt gefn ddeutsoch chi, Mistar Tomos?"

"Ia."

"'Newch chi ddim o'r fath beth . . . Mi caria i hi ar y nglin yn sêt y pasinjyr . . . snag 'di o'n rhwbath i chi, 'te."

"Wel, chi ŵyr ora'."

Wedi mynd heibio i Bwll Parddu a dechrau dringo i gyfeiriad y Gors Haidd y mentrodd y Gweinidog holi Dafydd Robaitsh am dynged y bleidlais, a gwneud hynny o gam i gam.

"Odd 'na nifer yn bresennol heno, Dafydd Robaitsh?"

"Sudach chi'n geirio, Mistar Tomos?"

"Gofyn odd 'na nifer go dda yn y capel heno?" Taflodd gilwg at y sach. "Dwi'n cymyd yn ganiataol ma' yno 'da chi 'di bod."

"Wel, ma'n gwestiwn gin i welwyd mwy yno ar adeg y Diwygiad. Rodd 'na un neu ddau mor ddiarth i'r lle fel bod nhw 'di mynd i holi Ifans y Coparét ai fo odd y Gwnidog — odd yn brenin." Ochneidiodd Dafydd Robaitsh, ac ychwanegu . . . "Ac yn anffodus i mi, Mistar Tomos, mi rodd petha'r Macleans 'na o'r tai cownsil yno, yn un plastar hyd wynab y capal i gyd . . . fel plorod y frech wen, ac yn gwsmeriaid wya' 'di darfod bob un."

"Deudwch chi."

"Ac mi rodd y peth hwnnw ddaethoch chi acw efo chi i luchio'i gylcha' yno."

"Y Parch. Hebron Hughes?"

"Bosib' . . . y fo odd yn deud pwy odd 'di pasio."

"Y fo odd yno ar ran y Cwarfod Misol, yn cyfri'r pleidleisia'. Fu'n rhaid i minna' fynd i Rhyd-y-ddraenen yn 'i le o, i lenwi'r bwlch."

"Llenwi be ddeutsoch chi? Bwlch?"

"Ia."

"Duwch, faswn i ddim yn meddwl y basa' dyn fel'na yn

55

medru gadal bwlch ar 'i ôl yn unlla . . . dim ond clawdd cyfa'." A dyma'r foment yr aeth pen blaen y car i dwll yn y ffordd a thaflu'r Hen Ŵr fwy fyth oddi ar ei echel. "Wel dŵr am 'i ben o, Mistar Tomos, ne' mi dorrwch be s'gin i yn y sach 'ma yn grybibion ulw."

"Ma'n ddrwg gin i, Dafydd Robaitsh. Ma' hi'n anodd gweld y rhowtia' 'ma yn y ffordd, a hithau'n tresio glaw mân."

"Mwya'n y byd o reswm dros gymyd pwyll 'ta," ebe'r Hen Ŵr yn biwis.

Bu ysbaid wedyn cyn i Eilir fentro rhoi'r gyllell yn y byw; Dafydd Robaitsh yn magu'r sach o dan ei ên a'r Gweinidog yn gwneud i orau glas i amgylchynu'r amryw dyllau yn y ffordd fynydd.

"Sut ath y dewis blaenoriaid, Dafydd Robaitsh?"

"Gofyn sut ath petha' 'da chi?"

"Ia."

"'Dydach chi ddim wedi ffendio ar f'ysbryd i? . . . Siomedig gythril 'te."

"Tewch chitha'."

"O! gythril ulw." Yna bywiogodd drwyddo. "Heblaw, mi ddeudodd Edwards, wrth ysgwyd llaw efo mi, ma' boddi yn ymyl y lan 'nes i."

"O? . . . Sut gwydda' fo?"

"Y? . . . Gofyn sut wydda' sgin Edwards 'da chi? Wel, be wn i? . . ."

"Naci, Dafydd Robaitsh. Gofyn sut gwyddai Edwards ych bod chi 'di boddi yn ymyl y lan?"

"Be wn i? Ond mi 'chwanegodd y baswn i'n siŵr o fod wedi pasio 'tasa gin i well tatws hadyd. Y . . . rhei Cing Edwart oeddan nhw, Mistar Tomos."

Tynnodd Eilir y car i adwy Heidden Sur a diffodd y peiriant.

"Fedrwch chi ddeud wrtha' i, Dafydd Robaitsh, pwy gafodd 'u dewis?"

"Na fedra'n union. On i 'di styrbio cymaint yn disgwl y risylt . . . A 'dodd dim posib' dallt y pregethwr 'na'n geirio. Dydi o fel clagwydd a rhywun 'di rhoi hannar tro yn 'i gorn gwddw o . . ." Agorodd Dafydd Robaitsh ffenestr y car a phoeri sug baco i'r adwy. "Heblaw ma'n siŵr gin i bod Gwraig Albert 'di bod yn lwcus. 'Gwelis i hi yn y Sêt Fawr 'na yn gneud howdidŵ fawr efo'r Coparét, fel 'tasa'r ddau 'di magu ar yr un deth."

"Wela' i."

"A 'dwi'n budur ama' fod hogyn 'rhen William T. 'di gneud y marc."

"'Rioed! . . . Wili Wyn?"

"Ella' ma' dyna ma' nhw yn 'i alw fo. 'Dwi'n rhyw feddwl bod yr ewach hwnnw 'di cal blaen arna' i. Odd o a'r Coparét yn codi nymbars 'i gilydd fel roeddan' ni'n codi i ganu'r emyn ola' . . . Ddowch chi i fyny am damad o swpar efo mi, Mistar Tomos? Fel ag y bydd o."

"Ddim diolch i chi, Dafydd Robaitsh. Fydd y wraig yn 'y nisgwl i, ylwch."

"Dyna chi. 'Dwi'n reit falch nag ydach chi ddim am ddŵad, a deud y gwir, 'cofn basa' chi acw dan berfedd-ion." Agorodd ddrws y car a gwthio'i draed allan. "Fydd raid i mi fynd o gwmpas eto fory, ar 'y nghodiad, i hel tatws hadyd yn 'u hola' . . . Beryg' goblyn y byddan nhw 'di rhoi fy wya' i o dan 'rieir, ne 'di berwi nhw."

"Ga i'ch helpu chi efo'r sach 'na, Dafydd Robaitsh?"

"Fasa'n well gin i 'tasa chi'n peidio. Ma'r Coparét 'na 'di sigo'i bendil o, wrth 'i dynnu o i lawr o barad y capal, fel ag y ma' hi."

"'Da chi 'rioed yn mynd â'r cloc yn ôl adra?"

"Lle 'da chi'n meddwl 'dwi'n mynd â fo, Mistar Tomos? . . . I'r pwll doman?"

"Wel, ron i'n meddwl ych bod chi 'di roi o . . ."

"I roi o?"

"Ia."

"Wel, felly ro'n i wedi hannar meddwl unwaith," a thaflu'r sach dros ei war, yn frwnt braidd. "Na, fedrwn i ddim meddwl am gloc Ann Robaitsh, 'y chwaer pan odd hi, yn fan'no bob Sul . . . a'r petha' Macleans 'na yn rhythu ar 'i wynab o," a chychwynnodd Dafydd Robaitsh am y giât a'r llwybr serth a arweiniai i fyny at y tyddyn. "Na, mi fydd 'rhen gloc yn hapusach 'i le yn ôl ar balis y groglofft, efo rhywun mae o'n 'nabod."

"Nos dawch, Dafydd Robaitsh."

Fel roedd Eilir yn cychwyn i ffwrdd sylwodd ar Dafydd Robaitsh yn brysio'n ôl am y car, yn geimion ei goesau.

"Mistar Tomos!"

"Ia, Dafydd Robaitsh?"

"Ddaru chi fyta'r cyw iâr hwnnw rois i i chi'n gildwrn?"

"Do . . . i ginio Sul. Rodd o'n flasus dros ben. Y . . . diolch i chi 'te."

"Da chitha'n beth bach barus. Tair wsnos sy'na er pan gaethoch chi o."

Teimlodd y Gweinidog, braidd, o glywed yr Hen Ŵr yn edliw rhodd a gyflwynwyd iddo'n gyhoeddus.

"Ma'n ddrwg gin i, Dafydd Robaitsh. Ond go brin basa fo 'di cadw dan heno."

"Na fasa' debyg . . . A 'nghamgymeriad i, Mistar Tomos, odd 'i roi o heb ofyn odd gynnoch chi fôt," a throi eilwaith am y giât.

Wrth yrru'n ôl i gyfeiriad pentref Carreg Boeth, ac wedi cyrraedd gwastad Pwll Parddu, edrychodd Eilir dros y darn gwlad noethlwm i gyfeiriad Heidden Sur. Roedd glaw mân mis Mehefin wedi ysgafnu. Gwelai Dafydd Robaitsh, yn y pellter, yn cropian i fyny'r ffordd drol a Sali Ann ar ben y drws mewn brat golau yn disgwyl yr Hen Ŵr yn ôl efo'i stori. Pwy bynnag a lwyddodd i wthio drwy'r porth cyfyng y noson honno — a 'doedd dim sicrwydd pendant ar y pen hwnnw ar hyn o bryd — roedd Sêt Fawr Siloam, yn sicr, wedi colli blaenor gyda'r mwyaf lliwgar a gwahanol posib'. Ond gwyddai, hefyd, na fyddai siom yr

Hen Ŵr yn gadael craith; cyn y byddai ha' byr y tir uchel wedi tynnu'i draed ato byddai rhyw chwilen arall yn cicio ym mhen Dafydd Robaitsh. Brysiodd yn ôl i bentref Carreg Boeth a'i wareiddiad llai naturiol.

4

TROWSUSA'R COPARÉT

Canodd cloch y teliffôn fel roedd Ifans yn camu o'r Coparét i'r nos. Camodd yn ôl o'r nos i dywyllwch y Coparét a baglodd yn enbyd dros dun triog dau bwys a fu'n dal drws y siop yn agored. Llwyddodd i gydio yng ngwar y teclyn fel roedd y gloch yn blino canu.

"Ifans y Coparét?"

"Ia."

"Ych hen gyfaill sy 'ma — John Ŵan."

"Pwy?"

"John Ŵan! . . . O Sir Fôn . . . Dyn y *Kleen-E-Zy* 'stalwm."

Disgynnodd y geiniog, ceiniog ddrwg cyn belled ag roedd Ifans yn y cwestiwn.

"John Ŵan Caneri, chi sy'na?"

"Heb y 'caneri' 'na."

"Heb be' 'da chi? . . . Heb faneri?" a chraffodd Ifans i berfeddion tywyll y Coparét. "'Dwi'n meddwl y medrwn i sbario dwy iwnion Jac a . . ."

Gwylltiodd y trafaeliwr.

"O ble 'da chi'n siarad Ifans? Ostrelia?"

Sylweddolodd y Coparét ei fod yn gwrando yn y pen lle dylai siarad ac yn siarad yn y pen lle dylai wrando.

"Ydach chi'n 'y nghlywad i'n well rŵan, John Ŵan?"

"Fel 'tasa chi'n sefyll wrth dwll 'y nghlust i. Y . . . bargan s'gin i i chi, Ifans."

"Diolch i chi. Ond mi fydd yn well gin i fod hebddi hi,

beth bynnag ydi hi . . . 'Dwi ddim wedi llwyr anghofio'r bomia' ogla' drwg rheini werthoch chi i mi Dolig.''

"'Losgis inna' 'mysadd, yn llythrennol, efo rheini. Rhyw lari-lob 'di rhoi deinameit yn un ohonyn nhw, yn lle sylffar. Ond . . . y . . . lein arall s'gin i rŵan. Bargeinion fedra' 'neud y Coparét yn enw teuluaidd . . .''

Penderfynodd Ifans gau pig y caneri cyn iddo ddarfod canu.

"Ga' i ddymuno nos dawch i chi, a . . .''

Ond nid dyn i droi'i drwyn o ar chwarae bach oedd John Ŵan y *Kleen-E-Zy*.

"Trowsusa' ymdrochi s'gin i, Ifans. Mil ac wyth gant ohonyn nhw. Rhei i ddynion a merchaid. 'Di prynu nhw gin ryw Bacistani o Blackpool am y nesa' peth i ddim, wrth bod nhw 'di glychu. 'Fedrach 'neud ych ffortiwn . . .''

"Cotia' oel sy'n gwerthu ffor'ma, John Ŵan — nid bicinis. Mi rydach chi'n sylweddoli mor bell 'di Carrag Boeth o gyrradd gwynt y môr?''

"Ac mi rydach chitha'n sylweddoli fod 'na bwll nofio newydd o fewn ergyd carrag i chi.''

"*Na* ydi'r atab John Ŵan. Ac mi rydw i, fel y gwyddoch chi, yn ddyn ag y ma' 'i air o'n ddeddf.''

"Cweit ac yn hollol.''

"A pheth arall, mi rydw i i fod mewn pwyllgor yn y capal ers . . . ers . . .,'' a chraffu ar wyneb cloc tu ôl i'r cownter oedd yn debycach i leuad o dan ddiffyg na dim arall, "ers dros ugian munud.''

"Wel, cofiwch fi'n gynnas at garedigion y pwyllgor.''

"Diolch i chi.''

"Ac os byth y newidiwch chi'ch meddwl, Ifans . . . ne' os daw 'na lan môr i'ch cyrradd chi, ma' hi'n fwy na thebyg y bydd gin i drowsus neu ddau ar ôl.''

"Nos dawch i chi, John Ŵan.''

Rhag tynnu lladron penderfynodd Ifans lwybreiddio'i ffordd yn ôl o'r Coparét i'r nos heb gynnau golau . . . A baglodd, eilwaith, dros yr un tun triog.

*   *   *   *

61

"Y matar bach nesa' ar y tamad papur 'ma," a chraffodd Edwards drwy'i sbectol dau waelod potel ar glamp o bapur ajenda, hir. "Y matar nesa' ydi . . . m . . . ydi, matar y wibdaith flynyddol . . . I ble cawn ni fynd 'nghyfeillion i? . . . Dowch rŵan . . . Rhydd i bawb 'i farn."

"A chymryd y bydd hi'n ffit o dywydd, 'dwi flys cynnig bod ni'n mynd i'r Felin at Edwards 'ma, i helpu yn y gwair," ebe Wili Wyn, mab Ysgrifennydd y Capel, yn ugeinmlwydd, rhyfygus, "er mwyn iddo fo'i gal o dan do 'run pryd â phawb arall."

Chwarddodd pob un oedd â'u cefnau at Edwards, a gwenodd y gweddill.

"Fel ych dewis Lywydd chi, ga' i'ch atgoffa chi un ac oll, a William Wyn yn arbennig, ma' materion capal ac eglwys sy wedi'n galw ni ynghyd. Nid dyma'r lle i wamalrwydd . . . Ac os na chawn ni 'chwanag o ddifrifoldeb mi fydd yn rhaid i mi ddŵad â'r gweithgaredda' i ben," a gorffwysodd Edwin Edwards yn ôl yng nghadair y Llywydd, yn fyr o wynt, a chan daflu pâr enbydus i gyfeiriad y blew ifanc a eisteddai ar y meinciau cefn.

"Dowch 'nghyfeillion i, yn berffaith rydd."

Bom hawdd i'w ffrwydro oedd gŵr y Felin Faen ar y gorau ond yn arbennig felly wrth handlo pwyllgor. Fe'i hetholwyd i lywyddu Cymdeithas Lenyddol Siloam, Carreg Boeth — drwy fwyafrif bychan — flynyddoedd lawer yn ôl ac fe'i dewisodd ei hun i'r gwaith, yn flynyddol, byth er hynny.

Cododd sŵn o gefn y festri fel petai yna eliffant yn ymdrechu i'w wthio'i hun i mewn i le chwech. Yna, safodd y Coparét yn nrws yr Ysgoldy â golwg dafad wedi bod drwy glawdd drain arno.

Rhythodd Edwards i'r cyfeiriad a holi y rhai agosaf ato,

"Ifans y Coparét ydi'r peth main 'na sy'n sefyll yn ffrâm y drws?"

Nodiodd amryw eu cadarnhad.

"Wel dowch i mewn, Ifans, yn lle achosi drafft."

62

"Ddrwg gin i 'mod i'n hwyr, Mistar Llywydd . . . Cal 'y nal gin drafaeliwr."

"Trafod trip y Gymdeithas rydan ni, Ifans. Go brin y bydd gynnoch chi awgrym ble i fynd."

A dyna'r foment y gwelodd Ifans y môr gwydr.

"Cynnig bod ni'n mynd i weld bedd yr emynyddes honno o'r Bala, Meri Jones," awgrymodd Dwalad Pierce Cerrig Pryfaid, y Codwr Canu. "Hynny ydi, os 'di'r chwaer *wedi* marw."

"Ma' hi wedi'n rhagflaenu ni," eglurodd y Gweinidog, "ers blynyddoedd meithion. Ond . . . y . . . mynd i'r Bala i nôl Beibl 'nath Meri Jones — nid cyfansoddi emyna'."

"Deudwch chi, Mistar Tomos," ebe Dwalad yn sionc. "Mor ddyledus ydan ni i'n chwiorydd am y petha' gora'."

"Ga' i apelio atoch chi, drw'r Llywydd felly, i fynd i rwla fydd o *interest* i'n pobol ifanc ni," a chefnogwyd Gwraig Albert â churo traed o'r fainc gefn. "Y llynadd mi aethon ni mor bell â'r Maentwrog hwnnw, i weld cartra y *gentleman* ddaru sgwennu'r Salma'. A ffendio, wedi cyrradd, ma' yn rhwla arall rodd y *gentleman* yn byw. *For goodness sake* rŵan."

"Wel . . . y . . . mi fydda' i'n gweld y llefydd diarth 'ma 'run bogal â'i gilydd," sylwodd Edwards yn ffrwcslyd. "Dwn i ddim os gin yn parchus Wnidog ni air i ddeud? 'I drip o odd o."

"Os ca' i egluro Mistyr Llwydd, ac ymddiheuro, fel 'dwi wedi gneud yn y ddau bwyllgor blaenorol, Syr O. M. Edwards yn y gyfrol *Cartrefi Cymru* sy'n deud ma' yn Gerddi Bluog rodd Edmund Prys yn byw. A wyddwn i ddim, nes rodd hi'n rhy hwyr, fod Bob Owen Croesor wedi darganfod yn wahanol." Ac wrth eistedd, "Gyda llaw, Musus Lewis, Salmau cân sgwennodd Edmwnd Prys — nid Llyfr y Salmau."

"Dyna ni, diolch i Mistar Tomos am drio egluro i ni. Pan gyll y call, medda' rhyw adnod. Ac mi rydan ni, y goreuon, yn methu weithia' . . . Dowch, 'nghyfeillion i, awgrym arall . . . Lle cawn ni fynd ar drip y Gymdeithas?''

"Taro i meddwl i rŵan," ebe Ifans y Coparét, "y basa fo'n beth purion i ni fynd â'r cybia' ifanc 'ma i 'drochi. 'Dwi inna'n teimlo, fel ein chwaer, ma' nhw pia'r dyfodol."

"Mi rydach chi, Ifans, yn ddigon effro i sylweddoli ma' mis Mawrth fydd hi?" ebychodd y Llywydd.

"Lle mae'r Coparét am fynd â nhw?" holodd rhywun arall. "I'r Bahamas?"

"Os ca' i ddarfod yr hyn s'gin i ar 'y mrest. Y . . . nid am y môr, fel y cyfryw, ron i'n meddwl — er bod 'na sôn am hwnnw yn'n Llyfr Emyna' ni — ond . . . y . . . mynd â nhw i weld pwll nofio."

"Eilio Ifans . . . coroner y Coparét," ebe lleisiau o'r cefn.

"Fel ych dewis Lywydd chi, teimlo rydw i ma' rhwbath i blant ar drip Ysgol Sul ydi chwara' efo dŵr. Mi rydach chi'n sylweddoli, Ifans, ma' Cymdeithas Lenyddol sy wedi'i hymddiried i'n gofal ni? Nid rhyw gytiad o gywion chwiad . . . A pheth arall, fedra' i ddim nofio."

Neidiodd Gwraig Albert ar ei thraed yn fwg ac yn dân.

"Ydach chitha'n sylweddoli, Edwin Edwards, ma' trefnu trip i gymdeithas gyfa' ydi'r gwaith? Nid porthi chwant un dyn. A thra rydw i ar 'y nhraed, 'dw i am eilio cynnig Mistyr Efans y Coperatif Stôrs."

"Eilio . . . eilio," gwaeddodd amryw.

"Wel, mi rydach chi wedi clywad sylwada' ein chwaer. Yn anffodus, mi fydd yn rhaid i mi roi y cynnig ger eich bronna' chi . . . hynny ydi, os nad os 'na welliant," ac arhosodd Edwards am funud neu ddau i weld a ddeuai gwaredigaeth o le arall. "Wel . . . y . . . ma' hi'n amlwg nad os . . . Mi wyddoch i gyd be ydi fy nheimlada' i ar y pwynt a 'dwi'n siŵr y pleidleisiwch chi'n unol â hynny. Cynnig Ifans 'ma ydi yn bod ni'n mynd i ymdrochi, hynny ydi os bydd hi'n rhyw lun o dywydd . . ."

"Ga' i egluro," gwichiodd Ifans, "cyn i chi fwrw'ch pleidlais o 'mhlaid i, na 'neith y tywydd ddim owns o wahaniaeth. Llyn bach o dan do ydi hwn a'r dŵr wastad yn gynnas.''

Cododd pob aelod ei law i entrych y festri ac ambell un o'r bobl ifanc, gan faint ei eiddgarwch, yn codi dwy.

"Dyna ni . . . Diolch i chi . . . 'Dwi'n credu bod y mwyafrif o blaid mynd. A mi dria inna' ddŵad efo chi . . . i gadw llygad ar y to fenga 'ma . . . 'Dwi'n siŵr y bydd Mistar Tomos 'ma mor garedig â gneud y trefniada' arferol ar ein cyfar ni . . .''

"Hannar munud, Mistar Llywydd. Wn i ddim byd am oria na thelera' . . .''

"Diolch, Mistar Tomos. Os 'na ryw fatar arall sy'n berthnasol?''

"Mi fasa' hi'n dda holi 'mlaen llaw,'' ebe Gwraig Albert, gan dalu'r pwyth yn ôl ar ei ganfed, "rhag ofn i ni ffeindio wedi cyrradd yno bod y llyn wedi symud.''

"Ar ôl i ni gal y cawall 'na llynadd 'dwi'n siŵr y bydd Mistar Tomos yn fwy effro 'leni . . . Ac felly, s'nad os 'na ddim perthnasol arall mi offryma i air o . . .''

Ond neidiodd y Coparét ar ei draed.

"Mi leciwn i, Mistar Llywydd, gal gneud un cyhoedd-iad bach cyn i chi roi pen ar y mwdwl. Os bydd 'na rywun ohonoch chi, neu eraill o garedigion yr achos, am drowsus nofio at yr amgylchiad, yna mi 'na i 'ngora' i gal stoc i'r Coparét mewn da bryd . . . Ma' nhw'n anodd gebyst i' cal, a flewyn yn ddrud.''

"Thenciw Ifans . . .''

"O ia, un gair bach arall ar 'i gefn o. Mi fydd acw hyfyd gyflawnder o rawia' pren a phwcedi glan môr a bellu. Pwt o hysbysiad yn unig, Mistar Llywydd, er hwylustod i'r Pwyllgor.''

"Dyna ni. Fel 'da chi wedi clywad, mi fydd gan Ifans 'ma stoc o geriach glan môr. Ac mi fydd hi'n bosib' cal gafal ar yr un petha'n union mewn siopa' erill . . . Ac felly, 'nghyfeillion i, mi geisiwn ni ddiweddu'r pwyllgor ar nodyn mwy dyrchafol. Gweddïwn . . .''

Gan ei fod yn gwbl fyddar i'r pethau sydd â gwahaniaeth rhyngddynt offrymodd Edwards y Felin weddi laes i gloi'r cyfarfod gan ymlafnio i gysegru'r pwll nofio a'i gefnogwyr. Yn anffodus, yn eitha' y perorasiwn, dyfynnodd linell o emyn ag iddi gysylltiadau gwahanol a chysegredicach — *Beth am yr awr cawn fynd i'r môr?*

*   *   *   *

Union dridiau cyn y wibdaith i'r pwll nofio galwodd Eilir yn garej Wilias Motos, Wil Pwmp chwedl y trigolion, i sicrhau bod y siari mewn cywair. Fel roedd o'n camu i'w gar, â'r trefniadau i gyd o dan glo, clywodd rywun yn gweiddi arno. Trodd i edrych. Tuthiodd William John Tarw Botal i'w gyfarfod, yn taflu'i draed at allan wrth redeg, fel buwch yn cario dau lo.

"Leciwn i gal gair bach efo chi, achan . . . Tu ôl i ddrysa' cloëdig fel 'tae."

"Wel . . . y . . . dowch i mewn i'r car, William John."

"Diolch," a thynnu 'i gap stabal yn ddefosiynol cyn mentro i gar y Gweinidog.

"Ma' pawb yn iawn acw, William John?"

"Ydyn . . . Pawb yn byta'i lwfans, fel ag y mae o."

"Da iawn."

Caed bwlch annifyr yn y sgwrs. Serch blynyddoedd o adnabyddiaeth, un swil yng nghwmni 'i weinidog oedd William John o hyd.

"'Da chi'n dawedog iawn?"

"Ofn rhegi 'dwi, achan."

"Tewch."

'O yn gyth . . . y . . . yn sobor," a thynnu paced wdbein tolciog o boced y gôt liain. "'Sgynnoch chi ddim gwrthwynebiad i mi gal smôc, debyg?"

"Ddim o gwbwl."

"Ma' nhw'n deud na laddodd sigarét neb 'rioed."

"Wel, 'dwn i ddim beth am hynny, William John."

"Na, laddodd sigarét neb, achan," a chwythu tornedo o fwg du i nenfwd y car. "Mwy nag un sy'n hambygio rhywun . . . 'Run fath efo merchaid ylwch."

Wedi cael sigarét i sadio daeth William John yn fwy rhydd ei dafod.

"Mewn twll 'da ni, achan."

"Mewn twll ddeutsoch chi?"

"At yn ceseilia', achan."

"Bobol, be sy 'di digwydd i chi?"

"Nid fi . . . Heiddan!"

"Dafydd Robaitsh?"

"Ia."

"Wel pa syniad newydd sy'n 'i gorddi o rŵan?"

"Un o'ch syniada' chi te . . . os gwnewch chi fadda' i mi am 'i osod o fel'na?"

"Fy syniad i?" mewn cryn syndod.

Agorodd William John ffenestr y car i gael mwy o awel o'i du.

"Mi fethis i ag anfon Musus i'r capal nos Sul, fel ron i wedi meddwl."

"Felly."

"Ond ron i'n dallt gin yr ychydig odd 'no, Heiddan yn 'u plith nhw, i chi 'neud apêl am bobol mewn oed i fynd i nofio."

"Do."

"Biti gythral am hynny, achan."

"Cwbwl 'nes i, William John, odd apelio am gefnogaeth i drip y Gymdeithas, sydd 'leni yn digwydd mynd i bwll nofio . . ." ac o'r diwedd gwawriodd gwraidd y broblem ar y Gweinidog. "'Dydi . . . 'dydi Dafydd Robatish 'rioed yn . . . yn meddwl am fynd i nofio?"

"'Dos 'na ddim arall ar dafod y bygar er nos Sul. Ma' Sali Ann, druan, 'di cal llwythi o gathod bach, drosodd a throsodd."

"Wel . . . y . . . 'don i ddim yn meddwl . . ."

"Dyna fydda' i'n weld yn gneud hafoc iawn — siarad gynta' a . . . a meddwl wedyn."

"Hannar mu . . ."

"A rhyw deimlo ma' Sali Ann, achan," a chychwyn o'r car, "gan ma' chi yrrodd y cwch i'r dŵr, ma' chi ddyla drio'i gal o nôl i'r lan . . . hynny ydi, 'snag 'di'r llanw 'di rhedag yn rhy bell allan."

Hwyliodd Eilir i danio'r car.

"Wel, mi ddo' i draw i Heiddan Sur cyn gyntad ag y ca' i damad o ginio."

"Dŵad rŵan baswn i, achan . . . Byta wedyn."

"Be', rŵan?"

"'Cofn i'r llanw dreio rhagor eto 'te."

"Dyna ni 'ta. Mi ddoi' i rŵan."

"'Fydd Sali Ann yn dragwyddol ddiolchgar i chi os medrwch ci roi dipyn o ddŵr ar 'i dân o."

Cychwynnodd William John am gar y Ministri, yna trodd yn ei ôl a gwthio'i ben drwy ffenestr car y Gweinidog.

"'Fasa well i ni drio cuddio'r ceir 'ma wedi i ni gyrradd."

"O?"

"Fydd y bygar yn 'bycach o beidio â dengid i'r groglofft . . . 'Gora i'r giât, achan, gewch chi 'i gau o . . . Reit?"

"Diolch, William John."

*   *   *   *

Methiant truenus fu ymdrechion y Gweinidog a William John i ddiffodd tân brwdfrydedd Hen Ŵr Heidden Sur. Wedi stablu'r ceir tu cefn i'r hoywal — rhag ofn i Dafydd Robaitsh gael daear cyn iddyn nhw gyrraedd y tŷ — cyrcydodd y ddau'u ffordd heibio i gongl y das wair, fel 'tasa nhw'n Starsky a Hutch, yna rhoi sbrint sgwarnog o giât y gadlas i ddrws y tŷ llaeth. Wedi cyrraedd y gegin y sylweddolodd y ddau mai pranciau dianghenraid fu'r cyfan; roedd Dafydd Robaitsh wedi gweld y perygl o bell ac wedi penderfynu dal ei dir a throi'n sowldiwr.

Anwybyddodd William John yn llwyr a chyfarch y Gweinidog.

"Chi, Mistar Tomos, odd yn chwarae llwynog pell efo William John 'ma? Fedrwn i ddim datrys drw' we pry cop ffenast y tŷ llaeth pwy odd yr ail o'r ddau giangstar . . . Ond mi 'nabodwn i henc Tarw Botal 'ma 'tasa fo ym mhig y frân. Y . . . 'steddwch hogia'."

"Diolch, Dafydd Robaitsh."

Mwmiodd William John ei werthfawrogiad yntau ac eistedd ar lechen las y pot llaeth.

Serch posibiliadau angheuol y sefyllfa ni allai'r Gwein-idog lai na gwenu o glust i glust o weld Dafydd Robaitsh mewn crys gwlanen a gwasgod, sgidiau hoelion mawr a sanau pen-glin, a mymryn bach o drowsus nofio — un pinc â blodau leilac. Daliodd Dafydd Robaitsh ar y wên ar wyneb y Gweinidog cyn i hwnnw gael cyfle i'w llwyr sychu.

"Rhaid i chi fadda', Mistar Tomos, 'mod i wedi gwisgo dipyn yn bethma. Meddwl baswn i'n dangos dipyn ar 'y nglinia' i Sali Ann 'ma cyn mod i'n mynd â nhw i ŵydd pobol."

"'Geith y bygar gricmala' cyn wiriad â bod o'n ddyn byw," ebe William John o gongl ei geg. "Ma dŵr ar 'i fennydd o fel ag y ma' hi."

O glywed oferu ei henw daeth Sali Ann i lawr o'r groglofft. Roedd ôl crio hir ar ei gruddiau. Cododd y Gweinidog i ysgwyd llaw a'i chyfarch.

"O! Mistar Tomos bach, 'dwi cyn falchad o'ch gweld chi â 'thaswn i 'di cal pensiwn. Ydw wir."

"Sudach chi Musus Robyts?"

"'Dwi'n weddol . . . a chysidro'r groes drom 'dwi'n 'i chario."

"Croes?"

"Nacw . . . 'di'r groes," mwmiodd William John yn flin

69

a phwyntio at Dafydd Robaitsh a oedd erbyn hyn wedi llusgo i'r gadair freichiau bren wrth y lle tân."

"'Drychwch, Mistar Tomos. Myharan mewn croen oen os buo 'na un 'rioed."

"Gofyn 'dwi'n oer ma' Sali?" holodd yr Hen Ŵr. "Nagydw yn duwch, 'Dwi'n gynnas fel pathew bach . . . er na 'sgin i fawr ddim amdana' 'chwaith."

"'Sgin i ond gobeithio y medrwch chi, Mistar Tomos, 'i berswadio fo i gallio," a dechreuodd Sali Ann gael plwc arall o grio i'w hances boced. "Mae o . . . mae o yn codi cwilydd mawr arna i cyn cychwyn. Dyn a ŵyr be 'neith o 'di cal 'i draed yn rhydd. 'Dwi bron â thorri 'nghalon."

"Wel . . . m . . . mi dria i roi perswâd arno fo i ymbwyllo beth."

"Ymbwyllo ddeutsoch chi?" holodd William John, yn frwnt braidd. "Ishio torri'r peth yn y gwraidd sy 'te . . . yn y feri gwraidd. Wel 'drychwch be ma'r dŵlal yn 'i 'neud rŵan."

Roedd Dafydd Robaitsh newydd godi pwced glan môr oddi ar ffendar y grat ac yn dal ei gwaelod hi rhyngddo a'r golau.

"Ifans y Coparét 'di gwerthu pwcad glan môr i mi, Mistar Tomos, gyfar â'r trip . . . ac wedi'i gwerthu hi flewyn yn rhatach medda fo, am bod 'na homar o dwll yn 'i gwaelod hi . . . ac am bod hi di' colli'i handlan."

Plygodd ymlaen yn ei gadair a thynnu haearn sodro, gwynias yr olwg, yn union o lygad y tân. "Un da 'di 'rhen Goparét."

"Mi losgith y bygar yn golsyn . . . 'tasa hynny'n gollad i rywun."

Cododd Sali Ann ei dwylo at ei chlustiau a chychwyn i gyfeiriad y tŷ llaeth.

"O mam bach, fedra' i ddim aros yn fama i weld o'n llosgi'n lludw . . . er mor wirion 'di o . . . Mi a'i i'r tŷ llaeth i 'neud panad dri i chi," a diflannu.

"Wel triwch atal 'i ryfyg o, bendith tad i chi,"

gorchmynnodd William John, "cyn iddo fo fynd i fyny yn golcarth ulw."

Daliai Dafydd Robaitsh yr haearn fflamboeth yn un llaw a weiran sodor, denau yn y llaw arall. Rhoddodd Eilir floedd fel roedd y ddeubeth yn crynedig gyffwrdd â'i gilydd a disgynnodd defnyn o sodor berwedig ar glun noeth yr Hen Ŵr.

"Drapia' gythril ulw," a lluchio pwced y Coparét i gongl eitha'r gegin. Trodd i wynebu'r Gweinidog gan rwbio'i glun 'run pryd.

"Crogwr ddyla' chi fod, Mistar Tomos, nid pregethwr . . . Mi fydd 'y nghlun i yn gig noeth byw."

"'Sdim ishio i chi chwara efo tân 'ta," gwaeddodd William John. "Ma' tân yn beryg'!" Ac wrth Eilir, "Glywch chi'r ogla deifio, achan," fel roedd blew coesau, sychion, Dafydd Robaitsh yn dal i ffrio yn y sodor.

Wrth y bwrdd te teimlai Eilir fod ganddo gyfle i geisio atal Dafydd Robaitsh rhag gwiriondebau pellach.

"Cythrwch iddo fo, Mistar Tomos, fel ag y mae o," a rhoi menyn efo'i fawd ar wadn arall o fara'r Coparét. "'Sdim rhaid i neb gymall William John 'ma. 'Fasa hwn yn byta bara'r angylion, 'tasa rheini yn digwydd troi'u cefna'."

"Dafydd Robaitsh?"

"Sudach chi'n geirio, Mistar Tomos?"

"'Faswn i yn ych cynghori chi i beidio â mynd i'r pwll nofio 'na."

"I beidio â mynd, ddeutsoch chi?"

"Ia."

"O! . . . Duwch, un rhyfadd 'di'r Gwnidog 'ma sgynnon ni, William John. Peth 'byca welis ti i bipi-down. Un munud mae o'n cymall ni i fynd i'r pwll nofio a'r eiliad nesa' mae o'n rhoi hyrdlan ar draws 'radwy . . . 'Dydi o'n troi â'i din i fyny bob yn ail funud, fel cwpan mewn dŵr."

Gyda chil ei lygaid sylwodd Eilir ar William John Tarw

71

Botal yn claddu gwên goeglyd yng nghanol tafell anferth o fara jam.

"Bytwch Defi," cynghorodd Sali Ann, "ac ymbwyll-wch wir . . . cyn i betha' fynd yn rhy bell."

"Deud bod y pwll yn rhy bell ma' hi, Mistar Tomos? Fydd o ddim ond fel picio i'r pentra yn y siari newydd 'na s'gin Wil Pwmp. Y . . . deudwch i mi, Mistar Tomos, fydd gofyn i rywun stripio i drowsus 'drochi cyn cychwyn?"

"Dyna sy'n 'y mhoeni i, Dafydd Robaitsh."

"Mae o 'di bod yn boen i minnau'," ebe'r Hen Ŵr yn sionc, wedi llwyr gamddeall sylw'r Gweinidog. "Ond unwaith ma' rhywun wedi tynnu amdano'r tro cynta' ma' popeth yn iawn wedyn. 'Fasa' ddim gin i fynd efo chi heb ddim amdana' . . . 'tasa rhaid i mi 'te."

"Mi eith yno yn borcyn," sylwodd William John rhwng dwy gegaid o fara. "Cyn wiriad â phadar, achan."

"Poeni 'dwi, Dafydd Robaitsh, rhag ofn i chi gal annwyd yn y trowsus cwta 'na."

"Yn y gegin ddrafftiog 'ma," eiliodd Sali Ann.

"Drafftia' sy' berycla," eglurodd Dafydd Robaitsh a chodi o'i gadair i ddangos. "Ma'r Coparét 'di cal gafal mewn trowsusa' digon o ryfeddod, ond . . . y . . . fel y gwelwch chi ma' 'na un gwendid mawr ynyn nhw. Ma'r sawl gnath nhw wedi rhoi dau falog — un yn y tu blaen fama, ylwch, a'r llall tu ôl i rywun."

Cafodd William John ffit o chwerthin aflywodraethus ac yntau newydd yfed cegaid o de a chwythodd gawodydd o friwsion soeglyd o'i geg i bob cyfeiriad.

"Ffor shêm i chi, Defi. O flaen y Gwnidog a bob dim."

"Wel . . . y . . . ma' rhaid i Wnidog gal un balog fath â phawb arall." Llusgodd yn ôl i'w gadair. "Na, Mistar Tomos, cal drafft ydi'r unig beryg' . . . Be' ma' Ifans y Coparét yn feddwl ydw i — tebot efo dau big!"

Diflannodd Sali Ann i'r cefn i grio rhagor a chladdodd William John ei ben o'r golwg mewn cwpan de.

Fel roedd Dafydd Robaitsh — a ddaliai i wisgo gwregys

72

o groen am ei lwynau — a Sali Ann yn ffarwelio yng nghefn yr hoywal cafodd Eilir hanner awgrym fod y sêl ysol dros ymdrochi yn dechrau oeri.

"Un peth, Mistar Tomos, sy'n 'y nghadw i yn ôl rhag dŵad efo chi i'r pwll 'drochi, er 'mod i 'di mynd i gosta' efo'r trowsus 'ma."

"Wela' i," meddai'r Gweinidog, yn obeithiol.

Cydiodd Sali Ann ym mraich William John Tarw Botal i gael cymorth i ddal y newydd da, posibl.

"Deudwch i mi, Mistar Tomos, sut bydd rhywun yn tynnu amdano mewn lle fel'na?"

"Be' 'da chi'n feddwl, Dafydd Robaitsh?"

"Fyddwn ni'n tynnu amdanon drw'n gilydd, yn wyrywod a benywod, 'ta fyddwn ni'n dadwisgo ar wahân?"

"Ar wahân . . . Diolch am hynny."

"Ar wahân ddeutsoch chi?

"Ia."

"Wel biti gythral am hynny. Fasa'n fwy difyr 'tasa ni'n cal newid gynnoch chi drwadd a thro," a phoeri baco i'r rhigol. "Ond 'dwi'n meddwl y do' i efo chi 'run fath . . . fyddwn yn gymysg yn y pwll, siawns."

Diflannodd Starsky a Hutch i'r car a throtiodd Sali Ann yn ôl am y tŷ â'i phen yn ei hances.

Fel roedd y ceir yn cychwyn sylwodd Eilir ar Dafydd Robaitsh, â'i drowsus cwta, yn codi pastwn draenen ddu i'r awyr mewn ffarwel derfynol a dwy ffrwd felen o sug baco yn llifo o bobtu'i ên. Gwenai y wên honno sy'n perthyn i bob gwir ochfygwr.

*　　　*　　　*　　　*

"Dynon lan i'r whith! . . . Reit? A lodesi 'da fi ffordd hyn."

Sowthyn wedi bod yn soldiar a reolai'r pwll nofio; gŵr a ddaliai i gredu, er dyddiau Burma, fod mân lwch y cloriannau a anufuddhai i'w air yn dargedau i'w saethu yn y fan a'r lle.

73

"Siapwch hi nawr! . . . Reit? . . . A Mistyr Tomys . . . 'Wi'n ych dala chi'n gyfrifol am ymddygied y bobl s'da chi . . . Reit? . . . fel chi wedi arwyddo."

Er bod pobl y tir uchel yn ddigon taeogaidd eu gair gwyddai Eilir, wedi deng mlynedd o'u bugeilio, eu bod yn anghydffurfwyr pur o ran eu hymddygiad. Cafodd ddwyawr helbulus yn ceisio bod yn glustog rhwng aelodau Cymdeithas Lenyddol Siloam a'r cyn-filwr parod ei wn.

Ifans y Coparét a drodd y drol gynta'. Penderfynodd agor stondin, hanner ffordd rhwng twnel y dynion a thwnel y merched, i werthu rhagor o drowsusau ymdrochi a phwcedi glan môr. Aeth mor bell â hongian y gair 'Agored' ar flaen y stondin.

"Trowsusa' 'drochi i ddynion a merchaid. Yn mynd am lai na hannar pris. Rhawia' a phwcedi glan môr . . . *End of Season Stock. All must go . . .*"

Cyn pen pum munud roedd Ifans a'i stondin wedi'u hamgylchu gan ferched hanner noethion yn chwilio am ail hanner y darnau roedd Ifans wedi'u gwerthu iddyn nhw'n gynharach a dynion gwlad, cydnerth, yn haeru y buasai hi'n haws o lawer rhoi eliffant rhwng siafftiau trol na gwisgo y mymrynnau trowsusau a ddaeth dros gownter y Coparét.

Rhoddodd y Rheolwr un chwythad ar ei chwisl, nes roedd y gwagle yn diasbedain, a cherdded yn unionsyth i gyfeiriad y Gweinidog.

"A beth yw ystyr hyn?"

"Wel . . . y . . . Mistar Ifans y Coparét, un o'n blaenoriaid ni, sy'n trio helpu'i gwsmeriad i . . ."

"Chi'n gwbl gyfarwydd â *Rheol Un D, Cymal Dau Ddeg Wyth B?*"

"Wel . . . y . . ."

"Mas â'r stondin 'na . . . ne' fe dowle i bachan y bicinis i miwn i'r pwll! . . . Reit?"

"Wel . . . m . . ."

Bu'n rhaid i Eilir fygwth taflu'r Coparét i'r llyn â'i

ddwylo'i hun cyn y cytunodd i gau'r siop. Bygythiodd rhai o'r merched, ag roedd Ifans wedi cau'r siop cyn cwblhau eu harchebion, daflu'r Gweinidog i'r pwll.

"Fedra' i ddim mentro i'r *pool* fel hyn," ffrothiodd Gwraig Albert a dangos mwy o groen o lawer nag o frethyn.

"Wel mi fyddwch fwy o'r golwg *yn* y dŵr, siawns gin i, nag ydach chi ar y lan."

"*For shame* i chi, Mistyr Tomys. 'Dwi'n meddwl y coda i 'nhocyn aelodaeth a . . . a joinio'r *Baptist*," a swyrfio nôl i lawr twnel y dynion mewn camgymeriad.

Cyn bod Eilir wedi cael ei wynt yn ôl daeth William John Tarw Botal i lan y llyn, mewn leotard croen teigar, un i ffitio anifail llawer llai na William John.

"Ma'r bygar 'di diflannu, achan."

"Pwy?"

"Heiddan 'te . . . Pwy arall?"

"'Doedd o wrth f'ochor i yn fama lai na phum munud nôl . . . yn barod i'r dwfn'."

"Wn i hynny, achan. Wedyn y collis i drac arno fo."

"'Dydi o . . . 'dydio 'rioed wedi boddi?"

Taflodd William John un cip difater dros wyneb eang y pwll a dweud,

"Go brin, achan . . . ne' mi fasa'r bygar 'di corcio i'r wynab erbyn . . ."

Daeth bloedd codi'r meirw o ben dyfnaf y pwll — "*Man overboard!*" a rhoddodd y Rheolwr un chwythad egr i'r chwisl.

Roedd 'na Gymdeithas Lenyddol gyfan yn gwylio'r cyn-filŵr — a oedd yn amlwg yn fwy o ddyn tir sych nag o ddyn bad achub — yn pysgota Edwards y Felin, yn ei siwt frethyn, o eigion y dŵr. Pan gafodd Edwards ei ben uwchlaw y don dechreuodd ymrwyfo'n enbyd a bu bron iddo foddi Rheolwr y Pwll a geisiai'i achub.

"Hawdd gweld, achan," ebe William John wrth y Gweinidog, "bod Edwards 'ma wedi arfar boddi cathod bach."

75

Wedi cael ei draed ar dir gweddol sych, a gweld bod Edwards yn sefyll ac yn anadlu, penderfynodd y Rheolwr fod yr amser wedi dod i saethu'r troseddwr.

"Chi mas o'ch pwyll, 'w."

"Y?"

"Gweud bo chi mas o'ch pwyll, ddyn!"

"Wn i'n iawn 'mod i allan o'r pwll."

"Odd 'da chi ddim hawl i ddod ar bwys y pwll yn ych dillad . . . a'ch *glasses*."

"Gin i hawl i fynd i rwla . . . fel dewis Lywydd y Gymdeithas."

"Wi chwant â . . ."

Llwyddodd un neu ddau o'r strapiau cryfaf i atal Edwards rhag rhoi bedydd arall i'r dyn oedd piau'r pwll.

"Mistyr Tomys wi'n gorchymyn i chi wacau'r pwll nawr? . . . Reit? . . . *Without undue delay*."

"Hannar munud, gyfaill. 'Dos na neb . . . ar wahân i Mistar Edwards 'ma, wedi bod *yn* y dŵr eto."

Eiliodd amryw y brotest.

"'Na'r point w."

"Y?"

"Chi'n gyfarwydd â Rheol Un Deg Saith A. Cymal Saith S? Fel chi wedi arwyddo. Honno 'boitu *contaminated water*."

"Wel . . . y . . ."

"'Na ni 'te. Gwacau'r pwll nawr! . . . Reit?"

Taflodd gip ych-â-fi i gyfeiriad Edwards y Felin a safai bellach mewn llyn llai. "Smo fi'n gwbod pa *germs* ma' bachan fel 'na'n gario . . . *Gangway!*"

Fel roedd y dyrfa a fwriadai ymdrochi yn troi'n ôl o'r pwll ac yn unioni am Ifans y Coparét, oedd yn prysur glirio y bargeinion olaf oddi ar ei stondin, pwy ddaeth allan o'r twnel merched ond Dafydd Robaitsh Heidden Sur, ym mraich Gwraig Albert y Fawnog, a'r ddau yn piffian chwerthin.

Yn stafell newid y dynion, yng ngŵydd pawb, yr

76

eglurodd Dafydd Robaitsh i'r Gweinidog pam ac ym mha fodd y bu iddo gyfeiliorni ei ffyrdd.

"'Ddrwg gin i, Mistar Tomos, i mi golli gweld Nedw'r Felin 'ma yn cal dip. Heblaw mi gafodd Gwraig Albert a finna' noson bach digon o ryfeddod . . . efo rhyw ferchaid ifanc odd yn curo'n cefna' ni ac yn'n rhoi ni o dan lampa' bob yn ail, fel 'tasa ni yn gywion ieir mewn inciwbetor."

Tawodd sgwrs y gweddill. Pawb yn canolbwyntio ar wisgo er mwyn clywed y perlau a ddeuai o enau Dafydd Robaitsh yn well.

"Mistar Tomos, ddaru chi sylwi ma' trowsus efo balog bac an' ffrynt odd gin gwraig Albert?" a checian chwerthin. "Deryn di'r Coparét 'na."

A chwarae teg i Ifans. Cyn i siari Wil Pwmp gyrraedd yn ôl i lwydrew Carreg Boeth, addawodd bres yn ôl ar bob trowsus oedd heb wlychu, cyn belled â bod John Ŵan y *Kleen-E-Zy* heb fflio.

5

DROS GORS A GWAUN

"'Runig waith sy heb ei gyflawni, gyfeillion, ydi gwrando ar Adroddiad y Trysorydd a chadarnhau'r Fantolen am 'leni. Ma' hwn, os ca' i ychwanegu, wedi bod yn bwyllgor hapus dros ben . . . Os cawn ni air byr gynnoch chi, Mistar Ifans? . . . Ma' pawb ohonon ni, 'dwi'n credu, wedi cal copi o'r Fantolen 'mlaen llaw."

Yn Siloam, Carreg Boeth, roedd Pwyllgor *Blynyddol* yr Adeiladau a'r Fynwent yn cyfarfod ddwywaith mewn blwyddyn a hwn oedd yr olaf o'r ddau gyfarfyddiad.

"Mi geisia' i, Mistar Tomos, yn ôl f'arfar, fod mor gryno â phosib'," ebe Ifans, a sefyll yng ngwawl y cryfa' o'r ddau fylb egwan a oleuai dywyllwch y Festri Fach. "Ma' hi wedi bod yn flwyddyn sgafnach nag arfer i ni yn ariannol er nag ydi pob costa' ddim wedi dŵad i law eto." Cododd Ifans ei ben a chraffu i gefn y festri. "'Rydan ni'n ddiolchgar iawn i Mistar Idwal Robyts, Foel Grachan, am gymhennu cloddia'r fynwent a . . . ac yn 'i groesawu o'n gynnas iawn i'n plith ni. Mae o wedi'i gyfethol, fel y gwyddon ni i gyd, i gynrychioli'r Fynwant ar y Pwyllgor . . ."

Cododd y Gweinidog o'i gadair.

"'Dwi'n siŵr fod pawb ohonon ni'n ategu geiria'r Trysorydd, yn croesawu Idwal Robyts yn wresog i'n plith ni ac yn gwerthfawrogi 'i ddiddordeb byw o yn y . . . yn y fynwant."

Dangosodd Idwal ddwy res o ddannedd melynion a dweud dim. Pwyllgor bychan oedd un yr Adeiladau a'r Fynwent yn cynnwys swyddogion Siloam — gyda'r

Gweinidog yn Llywydd sefydlog iddo, Ifans yn Drysorydd ac Edwards y Felin yn Ysgrifennydd — nifer cyfatebol o garedigion yr achos ac yna un aelod, oddi allan megis, i gynrychioli diddordeb plwy Carreg Boeth yn lles y fynwent. Cael porfa i'r geifr oedd unig ddiddordeb Idwal, a chafodd pawb gryn sioc o'i weld o'n cyrraedd cyffiniau'r Capel y noson honno — heb 'molchi na newid, mae'n wir, a chan gamu i'r Cysegr heb gymaint â thynnu'i gap stabal.

"Hwyrach y basa' chi, Mistar Ifans, yn hoffi'n harwain ni at y Fantolen?"

"Yn hollol, Mistar Tomos." Ond dechreuodd y Coparét ar y droed anghywir. "Mi ddechreuwn ni, ffrindia', efo colofn y colledion. Eitem un, a 'dwi'n darllan — 'Trwy law Mistyr Robert Evans, *Co-operative Stores*' . . . Y fi ydi hwnnw gyda llaw . . . 'hanner cant o fylbs . . .'."

"Wel ar f'enaid i, ydi Dorcas Tŷ Capal 'di dechra' plannu daffodils ne' rwbath?"

"Bylbs i oleuo'r Achos, Idwal Robyts," eglurodd y Coparét yn wan. "Ma' nhw'n ffiwsio fel ma' rhywun yn 'u gosod nhw. Dim ond i Edwards 'ma dishian ne' . . . ne' i Mistar Tomos fynd i weiddi ar bregath a dyna hi'n dominô ar y bylb."

Cododd Idwal big ei gap stabal i'r awyr. "'Dydi'r peth sy wrth 'y mhen i'n fama, beth bynnag, fawr gwell na'r gola' gewch chi o ben ôl pry tân."

"Hwyrach y bydda' hi'n ddoethach i ni i roi cyfla i'r Trysorydd ein harwain drwy'r holl Fantolen i ddechra' . . . yna cal y sylwada' 'ma yn nes ymlaen wedyn. Os gnewch chi geisio prysuro 'mlaen, Mistar Ifans."

"Diolch i chi, Mistar Tomos. Yr ail eitam, fel gwelwch chi . . . a 'dwi'n darllan eto — 'Trwy law R. Evans dau dun o oel injan bwytho i iro colyn giât y Tŷ Capal' . . ."

"Pst . . . Pst . . . Pst!"

Dechreuodd Edwards y Felin gynhyrfu drwyddo a chynhyrfu'r pwyllgor.

"'Dydi to'r festri 'ma 'rioed yn dechra' gollwng eto . . . a . . . a ninna' 'di gofyn i Henri Cla . . . m . . . Henri Rolands roi slaets newydd . . .'" ac fel ci ufudd yn ateb i'w enw brathodd Henri Claddu Pawb flaen ei drwyn heibio i gil y drws.

"Pst . . . Pst . . . Pst!"

"'Newch chi fy esgusodi i am funud, gyfeillion?" a cherddodd Eilir at y drws. "Chi sy'ma, Henri Rolands?"

"Ydach chi yn 'y ngweld i'n debyg i rywun arall, ne' be?" ebe Henri'n biwis, wedi blino chwibanu am sylw.

Tynnodd Henri Rowlands glamp o amlen fawr, hir, o boced ei gesail.

"'Newch chi drosglwyddo'r amgaeëdig i sylw Trysorydd y Pwyllgor? . . . 'ddrwg gin i 'mod i flewyn yn ddiweddar efo 'nghownts."

"Dowch aton ni i'r Pwyllgor, Henri Rolands."

"Ddim yn siŵr," a chodi'i law i'r awyr. "Fedra' i ddim, ylwch." Yna sibrydodd mewn llais a oedd yn glywadwy i bawb, "'Dydi hen wraig Pwll Parddu ddim hannar da . . . y . . . fel ma' mwya'r piti. Wedi cal bronceitus. A 'dwi am lingran o gwmpas y gweithdy 'cw . . . 'cofn. 'Yr awr ni thybioch' ydi hi, 'te Mistar Tomos? . . . 'Newch chi gyfleu fy nymuniada' da i i'r Pwyllgor, 'run fath?"

"Nos da, Henri Rolands."

"Noswaith dda, Mistar Tomos."

Cymerodd Ifans y Coparét, oherwydd gwendid y bylb a natur llawysgrifen Henri Claddu Pawb, amser maith i ddehongli'r epistol, yna, torrodd y newydd drwg i'r Pwyllgor gydag ochenaid siopwr.

"Gin i ofn yn 'y nghalon, ffrindia' bach, ma' bil go drwm 'di hwn — nid rhodd. Ma' Hen . . . Mistar Rolands felly, yn gofyn canpunt a . . . a 'chydig syllta' am roi chwech o slaets newydd ar do'r Festri 'ma. Ond . . . y . . . dyn a wŷr o ble cawn ni bres," a dychwelyd yn ôl i'w le, yn benisel, fel ci wedi bod yn dwyn wyau.

Bu trafodaeth fywiog ar sut i gyfarfod â'r draul.

80

Amrywiai'r syniadau a fynegid, o gynnig brwnt Edwards y Felin i dalu llai i'r Gweinidog yn ystod misoedd yr ha i awgrym eithafol Foel Grachen, "ar f'enaid i," y byddai hi'n rhatach i grogi Henri Claddu Pawb a thalu'r ffein am gael gwneud hynny o gyfanswm Casgliad yr Ŵyl Ddiolchgarwch. Gwraig Albert, yn ffwr a phowdr i gyd fel llygoden wedi bod mewn sach peilliad, a ddaeth â'r cwch i ryw fath o dir.

"'Dwi'n siŵr, Mistyr Tomys, fel blaenores newydd yn Siloam, y ca' i ddeud 'y marn?" gan roi hergwd ysgafn i'r Gweinidog, 'run pryd, am ei ddiffyg boneddigeiddrwydd.

"Can croeso i chi, Musus Lewis. Ac mi ddylwn i fod wedi'ch llongyfarch chi ar y dechra', ar ran y pwyllgor. Fel gwyddoch chi, Musus Albert Lewis odd yr unig un i gael ei dewis yn flaenor yn Siloam y tro hwn, a hi di'r ferch gynta' 'rioed yn hanes yr eglwys i gal ista yn y Sêt Fawr."

"Thenciw, Mistyr Tomys, cariad."

"Wel, ar f'enaid i!" ebe Foel Grachen o'r cefn, nes chwarddodd amryw.

"Peth annoeth iawn, yn 'y marn i, ydi mynd i'r *till* i nôl pres o hyd . . . Os gneith Mistyr Evans y *Co-operative Stores* fadda' i mi am ddefnyddio'r gair *till?*" A gwenodd Ifans wên a werthodd iddo bwysi lawer o fecyn i'r Fawnog. "Teimlo rydw i, Mistyr Tomys a chyfeillion, y dylan ni godi'r arian mewn rhyw ffordd. Hynny ydi, infolfio'n pobol . . . Creu *activity* ar 'u cyfar nhw . . ."

"Cynnig yn bod ni'n cal consart at yr Achos," ebe Dwalad Pierce, y Codwr Canu, cyn i Wraig Albert gael ei maen i'r wal yn llwyr. "Mi faswn i'n fodlon iawn i sôn eto am rai o anthema' 'y niweddar dad. A mi fasa Meri'r hogan 'cw, wrth bod y babi wedi landio, yn fodlon canu rhai ohonyn nhw i ni ar yr organ draed."

"Fedrwn inna'," cynigiodd Edwards y Felin, "leinio rhyw bedwarawd bach at 'i gilydd, fel 'dwi 'di gneud yn y gorffennol . . . Er mwyn amrywiaeth y noson fel 'tae."

"Wel os bydd o rwbath yn debyg i'r pedwarawd dwytha

81

glywson ni," ergydiodd Lias y Grepach, un o amryw arch-elynion gŵr y Felin Faen, "fydd well gin i aros adra efo Magi 'cw . . . yn tynnu hoelan ar hyd darn o sinc."

"Os ca' i orffan deud wrtha chi be s'gin i ar 'y mrest," ebe Gwraig Albert, a geirio'n anffodus braidd.

"Wel, ar f'enaid i!"

"Meddwl am *activity* awyr agored ro'n i. Rwbath y medra'r gynulleidfa gyfa', *the whole congregation,* 'i fwynhau. 'Dydi canu, a 'tasa ni'n digwydd cal canu da am unwaith, ddim yn apelio at bawb ohonon ni. Ga' i, felly, Mistyr Tomys, trwyddo chi, proposhio'n bod ni i gyd yn mynd ar daith gerddad . . . ar bnawn Sadwrn braf ym mis Ionawr."

Porthodd amryw eu cymeradwyaeth.

"Ma' teithia' cerddad yn boblogaidd iawn ar hyn o bryd. *Most popular,*" ac eistedd i lawr, i gymeradwyaeth.

"Wel, dyna ni *un* awgrym, gyfeillion. Os ydi . . ."

"Fel Ysgrifennydd y Pwyllgor 'ma, ers dros chwartar canrif, mi leciwn i anghymeradwyo awgrym Gwraig Albert. 'Dydw i'n ffagio 'nôl a blaen, gydol yr wsnos, hyd y caea' anwastad 'cw, i feddwl bod gofyn i mi gerddad o gwmpas yr ardal 'ma wedyn ar bnawn Sadwrn, fel 'taswn i'n ddynas yn hel at y Barnado . . . Cynnig yn bod ni'n taflu awgrym Gwraig Albert dros y bwr' . . . 'Dwi'n siŵr yr eilith Ifans fi. Mae *o* yn fwy o fflat wadan na neb ohonon ni."

Neidiodd y Coparét ar ei draed.

"'Dwi'n barod iawn i gefnogi sylwada' Edwin Edwards, ond mi fasa'n dda gin i 'tasa fo'n cymedroli dipyn ar 'i fynegiant. Rhaid iddo fo gofio mai cerddad o silff i gowntar ac o gowntar i silff ydi 'ngwaith i gydol yr wsnos."

"Ci a gerddo a gaiff. Ar f'enaid i!" o gefn y festri.

"O leia' ma' Edwin Edwards yn cal ista i odro."

Serch y gwrthwynebiad cry o gyfeiriad y Felin a'r Coparét cynnig Gwraig Albert a gariodd y dydd. Trefnwyd taith gerdded gan aelodau Siloam, hen ac ifanc, ar bnawn

Sadwrn yn Ionawr; y daith i gychwyn o Siloam, heibio i'r Fawnog a'r Gydros, gyda godre Mynydd Twrch, yna nôl i'r pentref heibio Heidden Sur, y Gors Haidd a Cedrwydd Villa a'r cerddwyr i chwilio am noddwyr i dalu am y cerdded. Yn rhyfedd iawn, wedi gweld y llanw'n mynd allan hebddynt ystwythodd Edwards a'r Coparét i'r trefniadau, ac addo cefnogaeth o fath.

"'Dwi'n teimlo, Mistar Tomos, na fydda' gweithgarwch unrhyw Bwyllgor yn gyflawn heb yr Ysgrifennydd. Fydd yn blesar gin i ddŵad draw at giatia'r Capal 'ma erbyn yr amsar dechra'."

"Diolch i chi, Mistar Edwards."

"Mi ofala' inna', Mistar Tomos, am dipyn o ddiodydd a phrofisions ar gyfar y cerddad . . . a'u gwerthu nhw mor rhesymol fyth ag sy bosib' yn yr oes ddrud, bresennol," ac ochneidio eto.

"Diolch i chitha', Mistar Ifans."

"Ar f'enaid i! Ddo' inna' â'r afr at glawdd y Festri fel y byddwch chi'n tanio'r gwn. 'Sdim yn well gin yr afran na gweld mymryn o syrcas."

Wedi i'r Gweinidog ofyn am fendith ar weithgareddau'r noson dechreuodd aelodau'r pwyllgor hidlo allan o un i un. Y naill i'w faes a'r llall i'w fasnach.

"Dwi am fynd drwodd i'r capal, Mistyr Tomys . . . i . . . i symud fy Llyfr Hymns i'r Sêt Fawr, i mi gal bod yn barod erbyn y Sul."

"Dyna chi, Musus Lewis. Os 'na ola' yna, deudwch?"

"'Dwi'n poeni dim am ola', Mistyr Tomys bach. Fedra' i ffendio fy ffordd o gwmpas Siloam yn y twllwch."

"Medrwch . . . debyg."

Gyda chil ei lygad daliodd Eilir ar Edwards y Felin yn mynd i'r un Capel, i'r un tywyllwch, ond drwy ddrws gwahanol. "Hannar munud, Edwin Edwards. Lle da chi'n mynd?"

"O . . . y . . . ofn garw 'mod i 'di gadal fy hancas bocad ar risia'r pulpud noson y Cwarfod Gweddi . . . a . . . a ma' gin i natur annwyd, Mistar Tomos.''

"'Sna ddim gola' 'na, cofiwch.''

"Thenciw, Mistar Tomos,'' a mynd i mewn i'r Capel 'run fath.

Idwal oedd yr olaf i adael, yn llygaid i gyd. Penderfynodd Eilir roi caead ar ei biser o cyn i'r dŵr ddechrau colli.

"Mistar Edwards yn anffodus, wedi anghofio'i hancas bocad yn y Capal . . . ar ôl y Cwarfod Gweddi nos Lun.''

Dangosodd Idwal ddwyres o'r dannedd melynion a gwenu'n sbeitlyd ar y Gweinidog.

"Finna' 'di meddwl ma' ishio gweld be arall odd ar frest Gwraig rhen Albert odd Nedw. Wel, ar f'enaid i!'' a diflannu i'r nos.

Clywodd Eilir weryriad o chwerthin genethig yn codi'n eco o'r Capel gwag. Cychwynnodd yn wyllt i gyfeiriad y sŵn, yna ailfeddyliodd.

Cyn gadael am y noson, â'r diafol yn glos wrth ei benysgwydd, rhoddodd dro i'r allwedd yn y clo rhydlyd; yna cerddodd Eilir yn hoyw tuag adref, dros bont y pentre', heibio i'r Crown ac i fyny'r allt.

Safodd, am eiliad, i gael ei wynt ato. O edrych yn ôl, drach ei gefn, gwelodd fod Siloam yn llawn golau. O wel, mater i Edwards a'r blaenor newydd fyddai egluro i bobl y goets fawr sut ddiwedd fu i Bwyllgor yr Adeiladau a'r Fynwent. A cherddodd ymlaen yn obeithiol.

*   *   *   *

"O! Edwin 'dwi'n boddi.''

"Wel triwch 'neud hynny heb weiddi ne' . . . ne' mi fydd Carrag Boeth i gyd yn gwbod.''

"H-help Edwin!'' a suddo tair modfedd arall, yn is eto i berfeddion soeglyd y Gors Haidd.

"'Dwn i ar y ddaear gron be 'neith Albert hebdda i . . . a ma' 'nghôt ffyr i wedi difetha am byth. *Completely ruined,* Edwin,'' a dechrau crio.

"Biti . . . Am y gôt ffyr."

"O triwch fy helpu i, Edwin, yn lle sefyll yn fan'na, chwartar milltir i ffwrdd, fel 'tasa chi'n *statue.*"

Rhoddodd Edwards y Felin un cam, petrusgar, ymlaen ond pan deimlodd ddŵr oeraidd y gors yn codi dros ei esgid camodd yn ôl yn frysiog i gael ei draed yn ôl ar dir cadarnach.

"Fasa'n gollad fwy fyth 'taswn inna'n boddi efo chi."

Ond fel roedd Edwards yn rhoi troed yn ôl bu cynnwrf eto yn eigion y gors gyda sŵn fel llo'n sugno, a suddodd Gwraig Albert at fôn ei cheseiliau i'r siglen ddrewllyd.

"'Dwi *yn* boddi, Edwin bach."

"Wel ma' hi'n udrach yn debyg iawn i minna', o fama, na fyddwch chi ddim yn y golwg yn hir . . . 'Dwi'n barnu y basa' hi'n ddoethach i *mi* drio ffendio llwybr go sych fasa'n mynd â fi at Heiddan Sur a'r ffordd fawr."

"A 'ngadal i yn fama, i farw ar 'y mhen fy hun?"

"Ofn i'r stori fynd i'r *Goleuad* 'dwi . . . Ma'n debyg y basa' 'na goffâd amdanoch chi rŵan, wrth ych bod chi 'di'ch dewis yn flaenor."

"Edwin, cariad, fasa' chi mor garedig â thrio 'nghodi o 'ma efo'r ambarél. Mae o yn fan'cw, wrth y tocyn brwyn 'na. Mi lluchis o 'ngafal fel ro'n i'n dechra' sincio . . . H-help!" o glywed 'rhen gors yn dechrau torri gwynt unwaith yn rhagor.

Cydiodd Edwards yn yr ambarél ac edrych o'i gwmpas yn bryderus 'run pryd.

"Rown ni *un* cynnig ysgafn efo'r ambarél 'ma, cyn bellad nag os 'na neb yn y golwg. Rŵan, triwch chi hongian ych hun wrth hwn," a chadw'r pen bagl-ifori iddo'i hun ac estyn blaen llithrig yr ambarél i Wraig Albert. "Efo'n gilydd rŵan, Maud."

"Wps-a-deisi Edwin!" a daeth y bagl yn llwyr i ffwrdd yn llaw Edwin Edwards nes syrthiodd o'n bendramwnwgl i ganol carnedd o gerrig gwynion a safai, yn rhyfedd iawn, o fewn llathen neu ddwy i bwll diwaelod y Gors Haidd.

85

Wedi i Edwards bowlio fel hyn ar hyd wyneb y tir meddal bu cryn gynnwrf pellach yn yr eigion a bellach pen Gwraig Albert yn unig a oedd yn y golwg.

"A dyna f'ambarél gora' i wedi difetha am byth. *Steel tipped and all* . . . Ych!" o deimlo peth o'r dŵr chwerw yn disgyn i lawr dros ymyl gwddf ei ffrog felfed.

Dechreuodd Edwards y Felin riddfan yn uchel o ganol y garnedd gerrig a chwyno ar 'i fyd.

"Gin i ofn, Maud, . . . 'mod i 'di torri asgwrn 'y nghlun . . . fedra' i ddim symud llaw na throed . . . O!"

"Be amdana' i yn fama, *ar* foddi?"

"Ma' hi'n iawn arnoch chi, tydi? . . . fyddwch chi 'di mynd yn bell o ŵydd pobol cyn daw ymwarad. Fi sydd raid wynebu'r tân . . . O!"

*   *   *   *

A chododd ymwared o le annisgwyl ac i fuwch ddu Heidden Sur roedd llawer o'r diolch am hynny. Daeth awydd gofyn tarw heibio iddi y pnawn Gwener cyn pnawn Sadwrn y daith gerdded a ffôniodd Dafydd Robaitsh y Gweinidog, i ofyn i'r Gweinidog ffônio William John Tarw Botal, i ofyn i William John alw yn Heidden Sur y cyfle cyntaf posib'. Roedd Hen Ŵr Heidden Sur wedi meddwl ymuno â'r cerddwyr, er i Sali Ann erfyn ar ei gliniau arno beidio, ond oherwydd i William John oedi efo'r genhadaeth bu'n rhaid iddo aros gartra. (Ni wyddai Dafydd Robaitsh mai o fwriad, ac ar awgrym y Gweinidog, yr oedodd William John cyn estyn cymorth i'r fuwch ddu.) Fel ail orau penderfynodd Dafydd Robaitsh lusgo ar ei ffon cyn belled â'r Cae Top i wylio'r daith gerdded drwy yr hyn a alwai'r Hen Ŵr yn sbenglas. Wedi i William John gyflawni'i waith, a chael tamaid o de tri efo'r ddeuddyn, fe'i perswadiwyd yntau i ddringo cyn belled â chlawdd y Cae Top i gael cip ar y cerddwyr.

"Mi ddylan fod yn 'nioni heibio'r Grepach rŵan, William John, 'snag ydi Nedw'r Felin 'na yn dal y fflyd yn ôl . . . wrth bod o mor dindrwm."

Cododd yr Hen Ŵr y sbienddrych at ei dalcen ac edrych allan drwyddo.

"Gythril ulw, ma' rhwbath 'di symud y Grepach . . . Mae o 'di mynd fel sbotyn o faw gwybedyn ar y gorwal. Odd o'n arfar bod y lle 'gosa' i ni, 'stalwm."

Cipiodd William John y sbenglas o ddwylo'r Hen Ŵr a'i droi y ffordd arall iddo.

"'Da chi'n sbïo ar betha' o chwith, giaffar. Y gwydra' mawr 'ma sy i fod tuag at ymlaen, achan."

"O! Deud ti. 'Nes i ddim sylwi o'r blaen, am wn i, bod 'na ddim gwahaniaeth."

Wedi i William John gyweirio'r sbenglas, fel ei fod o'n addas i olygon hen ŵr dros ei bedwar ugain, cafodd Dafydd Robaitsh, fel Ellis Wynne gynt, gryn weledigaeth.

"Dydi'r Grepach mor agos aton ni â 'thasa fo'n 'rar' ŷd. Duwch, wela' i 'rhen Lias yn bwydo'r ieir ar y cowt . . . 'Dwi'n barnu, William John, ma' dipyn o India Corn mae o'n roi iddyn nhw."

Wedi troi'r sbienddrych i gyfeiriad hollol wahanol y gwelodd Dafydd Robaitsh yr annisgwyl.

"Deud i mi, Tarw Botal, ydi bustych William Defis Hen Eiddaw allan gefn gaea'?"

"'Gynno fo sied newydd 'dos?"

Craffodd yr Hen Ŵr allan eilwaith.

"Wel ma' 'na slaff o fustach ffrisian yn gorwadd ar 'i gefn ar y garnadd gerrig 'na sy ar ganol y gors . . . Ne' ma'r sbenglas 'ma'n deud clwydda. Un rhyfal gynta' 'di o . . . yn anffodus."

"Dowch â'r peth i mi, achan," a chipio'r trysor oddi ar yr Hen Ŵr, am yr eildro. "Wela' i ddim byd, achan . . . dim ond tocia' eithin . . . a . . . a dipyn o . . . Nefoedd a'n gwaredo' Edwards y Felin 'di o."

"Bustach melyn 'di o? . . . Duwch, welis i ddim bustach ffrishian." Cyweiriodd William John y sbienddrych fel ei bod hi'n addas i olygon ieuengach. "A mae o mewn trwbwl, achan. Ydi 'tawn i'n marw."

"Mewn trwbwl? Wel i be mae o'n gorwadd ar y garnadd gerrig 'na 'ta . . . yn lle codi a rhedag."

"Mae o'n chwifio'r hancas goch 'no rŵan, Dafydd Robaitsh."

"Y?"

"Deud bod o'n ysgwyd yr hancas goch . . . Honno fydd o'n anghofio o hyd yn y Capal . . . Well i ni fynd draw, giaffar, 'cofn iddo fo gal oerfal."

Lluchiodd William John y sbenglas yn ôl i ddwylo'r Hen Ŵr a throi ar ei sawdl yn wyllt. Gwylltiodd Dafydd Robaitsh yn gandryll.

"Be gythril 'di'r brys, Tarw Botal?"

"'Dos 'na ddyn angan help, 'dos?"

"Duwch, Edwards y Felin 'di o 'te," a llusgo'n linc-di-lonc ar hyd gwar y Cae Top ar ôl William John.

"Ma' 'na ryw betha'n dŵad i'n hachub ni, Maud," ebe Edwards o'i led-orwedd. "Wel o ddau gyfeiriad wir . . . y . . . gwaetha'r modd."

Ond roedd Gwraig Albert tu hwnt i fân sgwrsio.

William John a Dafydd Robaitsh oedd yr ambiwlans gyntaf i gyrraedd.

"Dwi'n hynod o falch o'ch gweld chi, 'nghyfeillion i, yn dwyn gwaredigaeth," ebe Edwards.

"Rodd Dafydd Robaitsh a finna'n meddwl ma' chi oeddan ni'n weld drw'r sbenglas 'ma."

Dechreuodd Dafydd Robaitsh gerdded o gwmpas y corff a phwnio Edwards yn ei fol efo blaen y pastwn draenen ddu.

"Be 'da chi'n neud yn ymdreiglo yn fama, Edwards, lle bo chi'n cerddad efo'r lleill? Chitha'n Ysgrifennydd y sioe."

"Wedi brifo 'nghlun 'dwi, Dafydd Robaitsh."

"'Di brifo pwy mae o?" holodd Dafydd Robaitsh yn ddryslyd.

"'Di brifo'i glun mae o."

"'Di brifo'i hun? Wel i be gnath o beth felly? . . . Heblaw gwirion fel'na . . ."

"Nage. 'Di brifo'i glun!" a gweiddi'n iawn.

"O . . . wel rheitiach byth iddo fo godi a cherddad dipyn o gwmpas 'ta, 'cofn iddi fynd i stiffio rhagor."

Yn ei falchder o gael ei achub ei hun anghofiodd Edwards yn llwyr i sôn am Wraig Albert, a oedd erbyn hyn at ei gên yn y siglen a bron trengi. Bu'n rhaid iddi besychu i gael sylw. Yn rhyfedd iawn, Dafydd Robaitsh oedd y cynta' i sylwi arni.

"William John, choelia' i byth nag os 'na benglog rhwbath yn nofio ar wynab y pwll 'na . . . Brenin, 'dydi Edwards 'ma 'rioed 'di lladd neb?"

"*Help me*," mewn llais fel gwich llygoden.

"Sais 'di hi, achan."

"Helpwch fi . . . William John."

"Diawl, Musus Lewis sy 'ma, achan, Gwraig Albert. Ne' 'i phen hi 'di o beth bynnag."

"Sudach chi gin inna, Musus Lewis?" ebe'r Hen Ŵr, fel petai pawb ohonyn nhw yn eistedd ar feinciau mewn parc. "'Di Albert yn burion?"

A dyna pryd y cyrhaeddodd gweddill y cerddwyr, y bagad olaf o'r fintai a gychwynnodd allan, yn cynnwys y Gweinidog ac Ifans y Coparét, Dwalad Pierce Cerrig Pryfaid ac eraill. Roedd y criw cyntaf o gerddwyr, plant a'u harweinwyr gan mwyaf, wedi carlamu mynd o flaen y gweddill a bellach, mae'n debyg, yn agos i gyrraedd yn ôl i Festri Siloam am y diod pop a werthai Jên Ifans yno, dros y Coparét. Mae hi'n amlwg i'r ail fagad o gerddwyr lwyddo i osgoi'r gors drwy gadw'n nes at odreuon Mynydd Twrch, a mynd heibio'r ffordd arall, heb wybod am brofedigaeth Gwraig Albert ac Edwards. Bai'r ddau flaenor oedd ceisio cael y blaen ar weddill yr oedolion, er mwyn iddyn nhw gael cwmni'i gilydd a chwblhau'r miri a gaed noson y Pwyllgor yn nhywyllwch y Capel. Cymerodd y criw olaf, a oedd newydd gyrraedd, fwy o amser o lawer na'r gweddill, a hynny am fod Ifans y Coparét wedi penderfynu cerdded y daith a chario hanner stoc y Coparét

89

i'w ganlyn. Bob hyn a hyn mynnai agor stondin ar ymyl y llwybr a hwrjio diodydd a bwydydd i Dwalad Pierce, a Dwalad bob tro, o'i galon fawr, yn prynu rhywbeth.

Bu trafodaeth faith rhwng y ddwy ambiwlans ar y dull gorau o roi y cymorth cyntaf i'r ddau anghenus; bu'r drafodaeth mor faith fel mai dim ond trwyn Gwraig Albert oedd bellach yn y golwg.

"Rŵan, gyfeillion," ebe'r Gweinidog, "'dos gynnon ni ddim eiliad i golli. Trwyn Musus Lewis yn unig sy'n y golwg bellach."

Edrychodd Dwalad Pierce i gyfeiriad y pwll diwaelod.

"Tasa fo'n drwyn llai o faint, fel s'gin Musus 'cw, 'faswn i'n pryderu mwy. Ma' trwyn mawr bwâog fel'na yn siŵr o ddal 'i afal mewn rhwbath."

A thaflodd Gwraig Albert ddau lygaid bolwyn, llawn bygwth, i'w gyfeiriad.

"Fydd raid i ni gal tractor ne' rwbath, achan, i' thynnu hi allan o sugn y gors 'ma."

"Bydd, William John," atebodd Eilir, "fydd yn rhaid i ni gal help ar frys ond ddaw 'na 'run tractor yn agos i le meddal fel hyn . . . heb sincio."

"'Da chi'n iawn, achan, er bod chi'n bregethwr. Mi sincith y bygar at 'i fotha'. A s'gin y peth yma," a phwyntio at Dafydd Robaitsh, "ddim pwt o dractor beth bynnag."

"Musus Lewis!" gwaeddodd y Coparét, yn sefyll ar garreg sech, "fasa' chi'n lecio prynu potelad o jinji biâr gin i? Peth gora' i dorri sychad. A ma' 'na ddeg ceiniog ar y botal pan ddowch chi â hi'n ol."

Ond roedd Gwraig Albert yng nghanol digon o wlybaniaeth fel yr oedd hi.

"Fasa chi, Edwards, yn lecio llymad o rwbath glyb? Gin i Fimto . . ."

"Cadwch ych diod, Ifans, a thriwch 'neud rhwbath i achub ych cyd-flaenor a'i godi o o'i gyni. Yn . . . yn lle berwi efo rhyw ddiod o hyd ac o hyd."

Bu cybydd-dod Edwards, yn gwrthod prynu un botel o

90

Fimto, yn ddigon i'r moesolwr yn Ifans ddod i'r golwg a lladd y siopwr am funud.

"'Dwi'n meddwl, Mistar Tomos, y dyla ni holi be ma' Gwraig Albert 'ma ac Edwards yn neud efo'i gilydd yn 'run pwll. Mae o'n fatar i'r Cwarfod Misol . . . Blaenor a blaenor-etholedig . . ."

Gwylltiodd Eilir.

"Gyfeillion, ma'n rhaid i'r dadla' gwirion 'ma ddarfod. Achub Musus Lewis ydi'r unig beth ddyla' fod ar ein meddylia' ni, ac nid gwerthu rhyw hen bop a phetha' felly."

"Ma' gynnoch chitha'ch pobol, Mistar Tomos," ebe Ifans yn sosi. "Dwalad Pierce, gymwch chi botelad arall o rwbath?"

"Thenciw, Ifans."

"Mistar Tomos," holodd Dafydd Robaitsh, "ishio achub Gwraig Albert 'ma 'da chi?"

"Wel ia, Dafydd Robaitsh. Mi 'rydach chi'n sylweddoli hynny, bellach . . . gobeithio."

"Wel ydw. Ond dydan ni i gyd ddim 'di cal colej fath â chi . . . Fûm i'n meddwl unwaith y baswn i yn nôl y fuwch ddu a rigio harnis arni."

"Syniad da gythral," mwmiodd William John. "O! da gythril."

"Ond ma' gin i ofn bod hi newydd gal tarw gin William John 'ma."

"Fydd hi ddim blewyn gwaeth, achan."

"Y?"

"A tasa rhwbath yn digwydd mynd o chwith ddo' i acw eto cyn pen chwinciad."

Edrychodd Dafydd Robaitsh i fyw llygaid ei Weinidog, a holi.

"'Tasa 'na rwbath yn mynd o'i le, Mistar Tomos, 'da chi'n meddwl y basa'r Capal yn talu am i William John roi tarw iddi hi eto? Wrth ma' yng ngwasanaeth y Capal bydd hi o hyn 'mlaen."

"Â chroeso, Dafydd Robaitsh. Ond ma'n rhaid i chi frysio, ylwch."

"Dyna ni 'ta," a dal ei law fawr allan er mwyn i'r Gweinidog gael taro bargen. "Geith William John 'ma bicio i' nôl hi, tra byddwn ninna'n ista i gal smôc. Ar barad yr hoywal ma'r harnis mul."

"Y? . . . Dyna fo, mi a' i 'ta . . . er mwyn heddwch," a chychwyn, wrth ei bwysau, am Heidden Sur.

*   *   *   *

Gan fod y Wraig a reolai ei fywyd, o naill ben y flwyddyn i'r llall, wedi mynd ar y daith gerdded mentrodd Albert odro'n gynnar a phicio i'r Crown i wlychu ei big ar y slei. Camodd o'r ffordd i'r cyntedd wysg ei ochr a llithro i dywyllwch, cymharol, y bar bach. 'Runig gwsmer arall yno, ar y pryd, oedd Idwal Foel Grachen, yn yfed ei arian dôl ac yn pwyso'n ddioglyd ar y cownter. O weld Albert yn cyrraedd deffrodd Idwal drwyddo.

"Albert y Fawnog, ar f'enaid i!"

"Sudach chi Idwal Robyts?" a suo siarad yn neis-neis.

"'Di dy Fusus 'di wedi marw ne' rwbath?"

"Wedi mynd ar daith gerddad, 'te Idwal Robyts? Finna'n meddwl y baswn i'n picio i mewn 'ma am dipyn o bic-mi-yp tra ma'r ffordd yn glir i mi."

"Wel ia, erbyn meddwl, welis i Nedw'r Felin yn cychwyn am y cerddad 'na, ac yn twsu rhyw heffar i'w ganlyn."

"O?"

"Do, ar f'enaid i!"

"Ga' i brynu rhwbath i chi, Idwal Robyts?"

"Diolch . . . Fasa'n wirion i mi sathru ar garedigrwydd. Gyma' i wisgi, Albert, ddwywaith drosodd 'te."

Wedi iro 'i gydwybod ymlaciodd Albert beth a thrafod efo Idwal amcanion y daith gerddad.

"Syniad Musus Lewis 'cw odd o, Idwal Robyts."

"Wn i hynny . . . Gwestiwn gin i, serch hynny, ath hi'n

92

bellach na ffridd Tŷ'n Twll efo'r sgidia' 'na odd gynni hi am 'i charna'. Fydd yn glai at 'i ffera'."

"Mi 'nes i drio'i darbwyllo hi . . . nes i mi gal fy hel allan i garthu."

"'Dodd gynni hi sodla' meinion fel penna' myniawyd. Odd, ar f'enaid i!"

Bu bwlch yn y siarad ac Albert yn chwarae efo'i wydr yn anesmwyth.

"Mi fedrwch gadw cyfrinach yn medrwch, Idwal Robyts?"

Dangosodd Idwal y dannedd melynion, a gwenu.

"'Sna ddim golwg am draed bach ar ôl Pwyllgor y Capal, debyg?"

Chwarddodd Albert y Fawnog chwerthiniad o an-wybodaeth rhonc.

"Na, Idwal Robyts. Peidio â deud 'mod 'di bod yn fama, yn llyncu yn lle carthu. Reit?"

"Fedra' i gadw cyfrinach? Medra', ar f'enaid i! . . . fel banc."

"Diolch i chi."

"Am bris 'te."

"Be fydd o, Idwal Robyts? 'Run peth eto?"

Wedi hir wlychu pigau efo'i gilydd fel hyn tyfodd perthynas Albert a'r Foel Grachen hyd at fod yn gyfeill-garwch, bron. Idwal yn dal i ladd ar y Capel ac Albert wedi dringo i dir antur lladd ar ei wraig.

Yn anffodus, camodd Idwal ac Albert o'r Crown, fraich ym mraich, fel roedd Henri Claddu Pawb yn arwain y ddau gorff a'r ddwy elor i lawr Allt y Mans — William John a'r Gweinidog yn gwthio a thynnu corff Edwards a Dwalad Pierce a'r Coparét yn tynnu a gwthio corff Gwraig Albert (a'r ddau yn dal i brynu a gwerthu jinji biâr o hyd).

Yn fwy anffodus fyth, agorodd Gwraig Albert un llygad fel roedd yr elor yn powlio heibio i gyntedd y Crown; bu'r hyn a welodd yn foddion atgyfodiad iddi.

"Albert! *For shame* . . . A chitha'n ŵr i flaenor," a chodi.

Golygfa ddoniol oedd gweld Albert yn ffoi'n igam-ogam i gyfeiriad y Fawnog a'r Wraig yn tuthio i fyny'r allt o'i ôl, ac yn diferu i bobman, fel dafad wedi bod mewn dip.

"Albert! . . . *For shame.*"

Bu'n ofynnol i'r Gweinidog fynd efo Ifans i'r Copar̄et i ddechrau, i dalu bil Henri Rowlands am fenthyg dwy elor a bod yn fechnïwr i Bwyllgor yr Adeiladau a'r Fynwent 'run pryd, yna mynd ymlaen i'r Felin i helpu Dwalad Pierce i gario Edwards i'w wely.

Ar bnawn Gwener, ymhen rhyw fis go union, y ffôniodd Dafydd Robaitsh y Gweinidog, i ofyn i'r Gweinidog ffônio William John, i ofyn i William John alw eilwaith yn Heidden Sur i gynorthwyo'r fuwch ddu, ac i atgoffa'r Gweinidog, 'run gwynt, mai tro'r Capel oedd cydnabod y gymwynas.

6

FFYDD A FFEIAR-BRIGÊD

"Anti Bella sy'ma, cariad," â'r Gweinidog yn ei drons ac yn draed noethion ym mhasej drafftiog Mans Carreg Boeth.

"O ia . . . Sudach chi Musus Stock . . . m . . . Robyts?"

"Call me Bella, dear."

Daeth Ceinwen i lawr o'r llofft, yn fflat-wadan ac yn hanner cysgu. Wrth basio, crychodd ei thrwyn i holi'n ddieiriau pwy goblyn oedd yn ffônio'r awr honno o'r bore. Rhoddodd Eilir ei law dros y pen siarad a sibrwd â siap ceg, "Bella Stock . . . Gors Haidd."

"O! Mama . . . Cyn wyth?" a diflannu i'r gegin.

"You're still there, dear?"

"Ydw, mi rydw i'n dal efo chi."

"'Dwi'n gobeithio na wnes i ddim styrbio'ch *beauty sleep* chi . . . *You must have that.*"

"Ddim o gwbl. Ro'n i wedi codi, ond . . . y . . .," ac edrych ar ei draed oerion, "ond 'mod i heb lawn ddarfod gwisgo."

"Rhaid i chi fadda' i mi, Mistyr Tomys, 'dwi'n dipyn o *early bird.* Pan oeddan ni'n byw yn Ceylon mi fydda Frederick, 'y ngŵr cynta' i, yn gofalu bod y *natives* yn y *tea plantation* cyn chwech."

"O?" yn gwbl ddiddordeb.

"Gin i sypreis i chi, cariad."

"Felly."

"Guest what?"

"'Sgin i ddim affliw o syniad, cofiwch."

"Mistyr Tomys, cariad," mewn goslef cath yn cael mwythau, "ma' gin i *offspring* bach."

"Bobol!"

"Chwech wsnos oed. Oddi wrth Mistyr Edwards y Felin."

"Bobol mawr."

"A 'dwi ishio i chi ddŵad draw i fendithio'r peth bach. *Touched by a loving hand and all that*, 'te?"

"Wel . . . y . . . Mi alwa' i heibio i weld y . . . y peth bach pan fydda' i'n pasio nesa'."

"'Di fory byth yn dŵad, nagdi cariad? 'Dwi ishio i chi alw hiddiw, *dear.*"

Penderfynodd Eilir ddal ei dir a pheidio â mynd yn gadach llawr i wraig y Gors Haidd.

"Yn anffodus, Musus Stock-Robyts, ma' gin i blania' erill ar y gweill am heddiw. Mi alwa' i heibio . . .", ond dechreuodd Bella snwffian crio ym mhen arall y ffôn.

"'Sgin i neb arall ond y chi . . . cariad."

"Ond ma' . . ."

"*And you're such a tower of strength.* A mi fydd 'run bach *mor* siomedig."

"Reit, mi alwa' i heibio cyn nos . . . Ond ma' hi'n bosib' bydd hi'n amsar te cyn do' i."

"Ma' 'nghwpan i'n llawn, Mistyr Tomys bach . . . *To the very brim* . . . Diolch i chi, cariad . . . *Byes for now.*"

"Gyda llaw, be yn union . . .?" ond roedd Bella Stock wedi diflannu. Arfer gwraig y Gors Haidd oedd gosod abwyd ac yna gadael i'r ceiliog gerdded i'r cawell ohono'i hun.

Uwchben bwrdd brecwast cynharach nag arfer bu Ceinwen ac Eilir yn dyfalu i ba hiliogaeth roedd epil newydd y Gors yn perthyn.

"'Di 'rioed 'di cal babi, Eil?"

"Yn drigian a phump? . . . Heblaw, odd hi yn y seiat nos Iau, yn fain fel dipstig."

Bu saib braf yn y sgwrs. Eilir yn symera yn nhudalennau'r papur dyddiol a Cheinwen yn crinsian bwyta brecwast iach.

"Eil."

"Ia?"

"'Dwi'n gwbod pa frîd ydi babi'r Gors Haidd."

"Wel, mi ddeudodd ma' Edwards y Felin odd 'i dad o."

"*Chow Chow.*"

"Be ti'n feddwl?"

"Wel y ci 'te . . . sy 'di cal cŵn bach."

"Yr *An An* hwnnw?"

"Ia . . . os ma' dyna ydi'i enw bedydd o."

"'Fasa'n haws i mi fod yn dad i gamal."

"Pam hynny 'ta?"

"Ci ydi *An An*, Ceinwen . . . Ci cynddeiriog . . . Ond ci ydi o'n y diwedd — nid gast! Reit?"

"O . . . Ma' enw hogan arno fo hyfyd."

Bu bwlch arall yn yr ymgom. Yna, cododd Ceinwen i glirio'r llestri brecwast.

"'Dwn i ddim pam dylat ti redag i'r Gors Haidd 'na bob yn ail dwrnod, fel ci yn cal asgwrn. Ma' hi'n gneud pric pwdin glân ohonat ti."

Caeodd Eilir y papur a'i blygu.

"Pwy sy'n rhedag i'r Gors Haidd bob yn ail dwrnod?" Cododd yn swnllyd o'i gadair. "A pheth arall, mi ddeudis i ar 'i ben na fasa' hi ddim yn gweld lliw ohona' i heno . . . cyn pump."

Canodd cloch y teliffôn eilwaith, yn uchel ac yn groyw.

"Y Mans, Carrag Boeth," a'r unig ateb am eiliad oedd crio distaw, cyson.

"Helo?"

"Mistyr Tomys . . . cariad."

"Musus Sto . . ."

"Anti Bella *back again*," a beichio wylo.

"Ia?"

"'Ddrwg gin i . . . roi . . . traffarth . . . i chi . . . *dear*."

97

"Popeth yn iawn Musus Stock-Robyts. Be sy 'di digwydd?"

"*You're still in your 'jamas?*"

"M . . . nagdw . . . 'Dwi wedi darfod gwisgo."

"Ddowch chi draw ata' i, cariad? *This very moment.*"

"Wel . . ."

"Diolch, cariad . . . *You're such a willing one.*"

"Ond . . . y . . . pa brofedigath . . .?"

"Ma' fy *offspring* i . . ." yna gorchfygwyd Bella gan deimladau ac ni allai ond prin sibrwd gweddill y neges, "yn . . . ben goedan."

"Y?" ond roedd y ffôn yn gwbl farw.

"Helo? . . . Musus Stock-Robyts? . . . Helo! . . . Fflamia' hi!"

Cerddodd Eilir o'r pasej drwodd i'r gegin wedi gwisgo'i gôt ucha' a 'goriada'r car yn barod yn ei law.

"Hei, lle 'ti'n mynd?"

"'Ro' i un ges i ti."

"Nid . . . nid i'r Gors Haidd 'na?"

"'Ti'n iawn y tro cynta'."

"'Radag yma o'r bora? . . . Whiw!"

"Rhaid i mi . . . Creisis," a chychwyn am y drws cefn.

"Pa greisis?"

"Ma'r *Chow Chow* . . . ne' Edwards y Felin 'di mynd i ben goedan," a thynnu'r drws yn glep o'i ôl.

"I ben be?" ond 'runig ateb a gafodd Ceinwen oedd rhu'r car yn rhuthro i lawr dreif y Mans i gyfeiriad y Gors Haidd a'i broblem.

*   *   *   *

"Defi Robyts, cariad, gwnewch rwbath . . . yn lle sefyll yn fan'na â'ch dwylo yn'ch pocedi yn sbio ar y broblem. *Up the tree, dear.*"

Craffodd Hen Ŵr Heidden Sur ar y mymryn cath yn cripian am ei hoedl ym mlaen eitha' llarwydden bedwar

98

ugain troedfedd ac yna rhythodd i wyneb cystuddiol ei Anti Bella.

"Ishio i mi ddringo i ben y goedan 'da chi, Bella? Yn bedwar ugian ... ne' well. Be gythral 'da chi'n feddwl ydw i — mynci?"

Cafodd Bella bwl arall o brancio o gwmpas bôn y goeden yn udo.

"Twdls bach, dowch i lawr ... at mami ... Pws, pws, pws!"

Cododd Dafydd Robaitsh ei ben a mesur yr uchder ag un llygad.

"'Tasa'r twelf bôr gin i ... a fy sbectol 'te, mi cawn i o i'r ddaear i chi efo un ergyd."

"Hen ddyn brwnt 'da chi," a serio dau lygaid tanbaid ar Dafydd Robaitsh. "*Men are all the same* ... 'Tasa chi heb dishian, 'fasa' Twdls bach ddim 'di dychryn."

"Mistar Tomos yn dŵad," ebe'r Hen Ŵr yn ddiolchgar, o weld car y Gweinidog yn cyrraedd yr adwy. "Mi eith hwn i fyny polyn lard ne' rwbath ... dim ond iddo fo gal hwb i gychwyn. Y ... sudach chi, Mistar Tomos?"

Yn rhan ganol y goeden ddifrigau y cafodd Eilir y trafferth mwyaf. Cafodd help ysgwydd Dafydd Robaitsh i ddringo'r deg troedfedd cyntaf ond roedd canol y goeden fel sebon o lithrig a dim lle yn y byd i fachu troed. Diolchai iddo gael ei fagu ar fferm goediog, lle roedd dringo coeden yn chwarae i blant, a fflamiai iddo ddod yno yn ei siwt ail a'i goler gron; roedd rhisgl y goeden eisoes wedi cydio ym mhen ôl ei drowsus a'r goler gron yn prysur droi'n garchar dafad iddo.

"Wel tydi o fel Sacheus bach," sibrydodd Dafydd Robaitsh. "Ma' natur y mynci yn nheulu hwn reit inyff."

"*Go on dear. Forty feet to go.* Mi ddybla' inna' 'nghasgliad mis."

"I ddyblu o, Bella? 'Fasa rhoi rhyw fymryn mwy ar Ddiolchgarwch yn ddigon ... 'Da chi'n mynd i afradu rŵan."

99

Y drychineb oedd bod Eilir yn clywed pob gair o'r sgwrs a godai o'r ddaear a bod Dafydd Robaitsh yn credu bod y Gweinidog, yng nghanol y brigau, yn llwyr tu hwnt i glyw.

"Twdls, cariad, ma' Yncl Capal *yn* dŵad . . . Pws, pws, pws!"

"'Dydi o'n plethu'i glinia' am y goedan fel 'tasa fo'n joci . . . Fasa' wedi gneud gwell lymbar-jac, siŵr gin i, na phregethwr." A rhoddodd Heidden Sur shefl o ddwylo yn gwpan am ei geg, "Daliwch ati, Tomos!"

"'Dydi o'n *brave*, David."

"'Neith prygethwr rwbath, am wn i, os ceith o addewid am flewyn mwy o bres yn y casgliad mis . . . Ne' felly gwelis i nhw 'rioed."

Wedi cryn chwarter awr o fustachu caled ac o ymwthio poenus rhwng y brigau cyrhaeddodd Eilir i ben y goeden ac o fewn hyd braich i'r gath.

"Pwsi bach . . . 'Na gath dda . . . Pws, pws!"

Ond roedd natur cath fwy yn y gath fach a phoerodd i gyfeiriad y Gweinidog â holl gasineb ei gyn-deidiau a gâi ryddid i ddringo i ben coed cyffelyb, a rhai uwch.

"Pws, pws! . . . 'Na ti," ac estynnodd Eilir law wen, garedig i'w chyfeiriad. "Pwsi bach!"

"Pst!" ac fel ergyd o wn estynnodd y gath fach bawen ewinog, front am arddwrn y Gweinidog a thynnu gwaed.

"Cer o 'na'r 'sgrafil," a bu'n rhaid i Eilir gydio â'i holl egni am gorff tenau'r goeden. Oherwydd y cythrwfl mewn lle mor simsan dechreuodd 'rhen goeden siglo'i hochr hi, fel pendil cloc wyth niwrnod, nôl a blaen, a'r gath a'r Gweinidog yn cipio'r rhisgl am eu hoedl. Dyna'r foment y teimlodd Eilir bod y ddaear yn esgyn i fyny a'r nefoedd yn disgyn i lawr.

"Be' ma' Mistar Tomos yn 'i 'neud efo'r gath?" holodd Dafydd Robaitsh, "chwara' sigl 'dennydd ne' rwbath?"

"Ma' Twdls bach wrth 'i bodd yn chwara' *hide and seek* . . . Wps-a-deisi!" o weld sigl y goeden yn mynd yn eithafol a pheryglus.

"Help? . . . Help!"

Trodd yr Hen Ŵr ei ben yn gam a holi, "Odd Mistar Tomos yn trio deud rhwbath wrthon ni — 'ta'r gath fach odd yn mewian?"

"David, cariad," a rhoi 'i bysedd meinion, ewingoch, ar ei bronnau, "ma' . . . ma' gin i ofn bod Mistyr Tomys ni mewn *dead end* . . . 'Drychwch."

Craffodd Heidden Sur, unwaith yn rhagor, i flaen eitha'r goeden a gweiddi,

"'Di mynd i gaethgyfla 'da chi, Mistar Tomos?"

Ceisiodd Eilir roi arwyddion gwir argyfwng, a chais taer am gymorth buan, heb ollwng y gafael-dyn-ar-foddi a oedd ganddo am y goeden.

"Help! Dafydd Robaitsh."

"Mae o'n gneud arwyddion, Bella . . . rhei fymryn yn ddigwilydd i wnidog eglwys, os ca' i ddeud," a chraffu'n fanylach i entrych y goeden. "Fasa'n dda gythril gin i 'tasa fo'n rhoi gora' i'r swingio enbyd 'ma . . . 'Tydi o'n codi bendro arna' i . . ."

"Wps!", a disgynnodd Dafydd Robaitsh yn un sach tatws i'r llawr ac yn feddw gorn.

"O! Mam bach be 'na i? *Whatever will I do?*"

Ond roedd Eilir yn wirioneddol falch o weld Bella Stock-Roberts, Y Gors Haidd, yn tuthio'n fain ac yn herciog tua'r tŷ a'r teliffôn, yn union fel picfforch ar redeg.

*   *   *   *

Roedd Eilir yn llawer llai balch pan welodd yr help yr anfonodd Bella amdano'n cyrraedd.

"Gangwê! . . . Tân . . . tân! . . . Lle mae'r tân?" ac yn ei frwdfrydedd i'w ymladd cododd William John giât bren y Gors Haidd yn glir oddi ar ei cholyn yn hytrach na'i hagor yn y ffordd resymol, arferol.

"Tân . . . tân! . . . Lle mae'r tân?"

Trwy frigau coeden yn dechrau sobri gwelai Eilir Frigâd Dân, answyddogol, Carreg Boeth — adfail o gyfnod y rhyfel — yn pwyo'n anniddig wrth y llidiart a Robin Llefrith, ei yrrwr arferol, yn dân ysol wrth y llyw, ac Ifans y Coparét, yr Ysgrifennydd Mygedol, yn hongian wrth y warthol.

"Gangwê! . . . Tân!" bloeddiodd William John fel roedd y lori'n gwasgu'i ffordd drwy'r giât ac yn rhuthro i fyny'r llechwedd, i sglefrio-stopio ar y mymryn buarth.

Wedi i Bella fynd i alw am help aeth Dafydd Robaitsh, Heidden Sur, serch argyfwng ei weinidog, i hepian cysgu â'i gefn ar bwys bôn y goeden bedwar ugain troedfedd. Deffrodd i weld tri diffoddwr tân yn gwau o'i gwmpas, fel pryfed meddw yn dawnsio o gwmpas fflam cannwyll.

"Tân . . . tân! . . . Lle ma'r tân?"

"Chwilio am dân 'da chi hogia'? holodd yr Hen Ŵr yn ddryslyd. "Wel . . . y . . . welis i ddim blewyn o dân yn unlla . . . ar wahân i be odd yn y grat pan godis i bora 'ma . . . I be ma' William John 'ma ishio tân a hitha'n fora bach mor braf?"

"Ma'r bygar mor dynn â feis," mwmiodd William John o dan ei wynt. "Neith o ddim deud dim byd wrth neb lle ma' dim byd . . . unwaith bydd o wedi meddwl am hynny."

"Ishio diffodd tân 'da ni, Dafydd Robaitsh," bloeddiodd Robin yng nghlust yr Hen Ŵr, "nid ishio dechra' un."

"Dda sobor gin i glywad hynny, Robin. Ro'n i ofn drw' 'nghalon bod Tarw Botal am gynna' coelcarth yn rhwla."

Yn wyn ei awydd dechreuodd Ifans y Coparét ddatgymalu rhai o'r peipiau a orweddai ar gefn y lori, nes i Robin Llefrith daro llygad arno a sylweddoli'r peryg'.

"Hei! . . . Sgiat, Ifans . . . Cadwch ych bacha' yn ych pocedi nes clywn ni ogla' mwg yn rhwla." Yna, ceisiodd sibrwd gair o eglurhad wrth Dafydd Robaitsh. "Ifans 'ma ddim ffit fel dyn ffeiar-brigêd, er ma' fo sy'n cadw'r cofnodion. Pan aeth tŷ bach Moyra Maclean ar dân mi 'llyngodd Ifans wynt drw'r peips yn lle dŵr . . . A mi ath closet Moyra i fyny'n golsyn. S'gin i ond diolch nad odd

102

'na neb yno fo ar y pryd . . . Hei! . . . Drop twls, Ifans,'' o weld y Siopwr yn dal i helpu.

A dyna'r foment y tybiodd Dafydd Robaitsh mai'r Coparét oedd y trydydd dyn o dan helmet.

"Deuda' i mi, Robin, y Coparét ydi'r iâr dan badall sy'n meicial efo'r peips 'cw."

"'Dydw i newydd ddeud wrtha' chi," gwylltiodd Robin.

"Mae o'n fyddar fel stanc . . . pan mae o ddim am glywad," a phoerodd William John ei ddiflastod at fôn y goeden.

Pan welodd Bella fod y Frigâd Dân wedi cyrraedd rhuthrodd allan o'r tŷ a'i breichiau allan, fel iâr ar des.

"William John *AI wedi* dŵad . . . a Robyt *the milk. I'm ever so grateful* a . . . a Mistyr Evans y *Co-operative Stores,*" a chafodd pawb ond Ifans sws glec. "'Da ch˙ wedi dŵad i achub Twdls bach . . . *Men! To the rescue.*"

"Tân . . . tân! Lle ma'r . . .?" a sylweddolodd William John eu bod wedi'u galw ar genhadaeth wananol.

"Achub pwy?" holodd Robin.

"Twdls bach. *My very own* . . . Pws . . . pws . . . pws!" a phwyntio i'r awyr.

Dringodd Robin Llefrith y goeden â'i lygad a chafodd anferth o sioc o weld wyneb gwelw y Gweinidog yn edrych i lawr arno drwy'r dail.

"Tw . . . diawl, Mistar Tomos 'di hwnna," a thybiodd iddo gael gweledigaeth. "Be? . . . Dyna 'da chi'n galw'r dyn, Bella?"

"O! 'Fuo bron i mi anghofio, ma' ishio achub Mistyr Tomys a'r gath . . . *in that order, please.*"

"Sut gythral," holodd William John, "yr aeth y gath i ben y goeden at y Gwnidog?"

Cymerodd hanner awr neu well i ddynion y Frigâd Dân gyrraedd pen y goeden. Bu cryn oedi cyn iddyn nhw ddechrau dringo o gwbl. William John yn dadlau mai diffodd tanau oedd eu gwaith hwy ac nid dringo coed, a Robin Llefrith yn pledio na allai oddef uchder. Ceisiodd y ddau berswadio Ifans y Coparét i ddringo'r darn ysgol, wrth ei fod yn flaenor yn ogystal â dyn diffodd tân, ond roedd y Siopwr eisoes yn eistedd wrth fôn y goeden ac wedi dechrau ysgrifennu'r cofnodion. Bwrw coelbren a wnaed yn y diwedd a Robin Llefrith a gariodd y dydd.

"'Tasa chi, achan, yn rhoi'ch troed blaen ar f'ysgwydd i . . . ac yn trio gollwng y brigyn 'na 'da chi'n hongian wrtho fo.''

"Ond, William John annwl, fydd gin i 'run llaw ar ôl wedyn. Dydi'r gath 'ma gin i yn y llall.''

"Wel ydi, erbyn meddwl. Hwyrach y basa'n well i chi beidio â gollwng ych gafal am funud 'ta. 'Dwn i ddim pam gythril ma' ishio cathod ddringo coed, a digon o fwyd ar lawr iddyn nhw . . . na gweinidogion o ran hynny.''

"Ma'n ddrwg gin i, William John, 'mod i'n gneud traffarth i chi.''

"Fela ma' hi, achan. 'Da ni i gyd yn gneud petha' gwirion weithia' . . . Os medrwch chi ddal ych dŵr am dipyn eto, 'dwi'n meddwl y cyma' i smôc . . . i sadio dipyn.''

Yn ystod yr egwyl, annerbyniol, cafodd Eilir gyfle i edrych ar y wlad o'i gwmpas. Sylwodd, gyda gofid, ar lwybr y Gors Haidd yn ddu o blant ysgol, ac Idwal Foel Grachen — gŵr ysgaredig y Gors Haidd — yn eu plith, yn brysio i gyfeiriad y ffeiar-brigêd. Rhegodd yn ddistaw. Gwyddai y byddai'r stori anffodus yn fêl ar fysedd trigolion Carreg Boeth am sawl blwyddyn i ddod.

Edrychodd Dafydd Robaitsh i fyny'r goeden. "Be' ma'r ddau dderyn yna'n clwydo ym mriga'r goedan? . . . Yn lle dŵad i lawr. Ydyn nhw 'rioed yn dechra' paru, gobeithio?''

"Twdls, cariad, 'da chi'n saff efo Yncl Capal. Pws . . . pws . . . pws!''

"Ma'r cythral yn mynd i danio matshian i gal smôc,''

ebe Robin Llefrith am ei gyd-ddiffoddwr. "Ffact i chi, Dafydd Robaitsh."

Bu crafiad y fatsien ar ymyl y bocs yn ddigon i roi ofn ci yn y gath a cheisiodd roi naid yn ôl o freichiau'r Gweinidog i ben y goeden, ond methodd; bu ymrwyfiad y gath yn ddigon i beri i'r goeden ailddechrau swingio'n enbyd, a bu swae'r goeden yn ddigon i godi sâl môr ar William John.

"Pam ddi . . . ddian . . . na sefwch chi'n llo . . . llonydd . . . i mi gal s . . . smôc . . . R . . . Robin!" ac aeth Tarw Botal yn wirioneddol wael.

Golygfa ddoniol dros ben i'r rhai a wyliai'r achubiaeth o'r giât oedd gweld Robin Llefrith yn cydio yn William John, William John yn cydio yn y Gweinidog a'r Gweinidog yn mynnu cydio yn y goeden a'r gath.

Un peth a ddyfnhai'r argyfwng oedd ansicrwydd Robin ynghylch y chwith a'r dde.

"Yli, Tarw Botal, rho dy droed yn fforch y brigyn 'ma. Reit?"

"Y? . . . P'run droed, Robin?"

"Hwn . . . y lari-lob."

"'Nhroed *i* 'di hwnna," eglurodd y Gweinidog. "A'r chwith 'di o."

"Wel . . . y . . . dowch i lawr ych tri 'ta wrth ych pwysa', ac fel medrwch chi . . ."

Roedd Dafydd Robaitsh, erbyn hyn, yn mwynhau'r miri'n fawr a'i bendro wedi cilio'n llwyr. Trodd at Bella.

"Welsoch chi bedwar o betha' delach yn tyfu ar goedan 'rioed? Be ma'r Gwnidog yn drio' neud? . . . Chwara' injan pwff-pwff trên?"

"'Fasa'n dda gin i 'tasa nhw'n dŵad â Twdls bach i lawr yn saff. *But* Mistyr Tomys *has such a firm grip . . . as I well know* . . . Pws . . . pws . . . pws!"

"'Fasa'n dda gin inna' 'tasa Musus Stock-Roberts yn peidio â gweiddi ar y gath," ebe'r Gweinidog. "Bob tro

105

ma'r peth yn clywad 'i enw mae o'n neidio drwy'i groen ac yn styrbio'r goedan 'ma. Y . . . wps!"

"'Fasa'n dda gin i," ychwanegodd William John, "'tasa neb 'di plannu'r blwmin coedan 'ma 'rioed! Dwi'n sâl fel ci, Mistar Tomos."

Penderfynodd Robin Llefrith fod yr amser wedi dŵad i ailgychwyn y trên bach.

"Rŵan hogia', 'tasa ni i gyd yn trio gollwng gafael yn y goedan 'run pryd, yna mi fasa' 'na ryw siawns i ni symud peth. 'Fydda' i wedi dodwy os bydda' i'n ista ar y brigyn 'ma'n hir eto. Ffact i chi." Edrychodd i entrych y goeden. "Synnwn i ddim nag ydi'n Gwnidog ni 'di dechra' magu plu ar 'i ben ôl . . . Rŵan, llac 'i afal efo'n gilydd."

"'Da chi'n meddwl bod o'n beth doeth, Robat, i ni ollwng 'run pryd?"

"Ma' Mistar Tomos yn iawn, achan," eiliodd William John. "Os 'gorwn ni'n pawenna' 'run pryd â'n gilydd, mi awn lawr drw' friga'r goedan 'ma fel dôs o gasgara." Ychwanegodd yn llesg, "Heblaw, fasa' wath gin i fynd yn sydyn felly ddim na nychu yn fama."

Caed cryn dipyn o fynd i fyny ac i lawr y goeden — y naill yn cyrchu a'r llall yn danfon — cyn y cafodd y tri eu traed ar y ddaear, â bonllef o gymeradwyaeth yn dyrchafu o'r giât.

"Twdls, cariad, dowch at mami. Hen ddynion cas 'di dychryn cath bach . . . *come back to Mummy, dear.*"

Ond fel roedd Eilir yn trosglwyddo'r anifail i'w berchennog pwy ddaeth heibio cefn tŷ y Gors Haidd, wedi gweld y cyfan drwy'i sbenglas ac wedi prysuro yno ar draws y caeau, ond Edwards y Felin, yn laddar o chwys ac yn fôr o lais.

"Chi, Mistar Tomos, welis i ym mlaen eitha'r goedan 'ma?"

O glywed llais a gweld gwep y sawl a fethodd â'i foddi rhoddodd Twdls un sgrech orffwyll a neidio'n glir o freichiau agored y Gweinidog yn ôl i ganol y goeden. Cyn

106

pen eiliad neu ddau roedd yn ôl yn ddiogel ym mrigau'r larwydden ac yn siglo'n braf yn y gwynt a'i ryddid.

Wedi eiliad o syndod dechreuodd Bella feichio wylo unwaith yn rhagor, a phledio â'i llygaid mascaraedig am i unrhyw un o'r cwmni ddringo eilwaith i ben y goeden i achub Twdls bach.

Dechreuodd y criw gilio o un i un, yn cynnwys y gwylwyr o'r giât a dynion y ffeiar-brigêd; roedd un wedi priodi gwraig, un arall am brofi ei bum iau o ychen a'r llall am brynu maes. Sylwodd Eilir ar Edwards y Felin yn diflannu'n dinfain heibio congl y tŷ, heb roi unrhyw esgus dros wrthod helpu.

Gan bod Dafydd Robaitsh wedi cael reid yn yr injan dân, Eilir oedd yr ola' i gau giât bren y Gors Haidd o'i ôl. Edrychodd ar ei wats. Roedd h'n chwarter wedi tri — y pnawn! Beth ddywedai Ceinwen? Cyn gadael, edrychodd drach ei gefn a gwelodd olygfa drist i'r eitha'. Mam, o fath, yn wylo am ei phlentyn a'r plentyn hwnnw yn mwynhau annibyniaeth ei reddf ymhell o sŵn a phoen y gwareiddiad deudroed.

$$* \quad * \quad * \quad *$$

Ymhen yr wythnos, ar gais taer Edwards y Felin, galwyd blaenoriaid Carreg Boeth i gyfarfod brys yn festri Siloam a Dafydd Robaitsh Heidden Sur wedi ei wysio yno fel tyst annibynnol. Y gweinidog a lywyddai.

"Y matar sy dan ystyriaeth ydi gohebiaeth . . ."

"Ydi-be, Mistar Tomos?" holodd yr Hen Ŵr, mor gartrefol â phetai o'n ben blaenor.

"Ydi gohebiaeth," gwichiodd y Coparét.

"Wel, be gythril 'di peth felly, Ifans?"

"Fel Gweinidog yr Eglwys 'ma, a'r llywydd am y noson, 'dwi'n siŵr y ca' i groesawu Dafydd Robaitsh i'n plith ni am y waith gynta' fel hyn . . ."

"Thenciw."

"Fel yr egluris i'n gynharach, gohebiaeth sy wedi dod i law . . . y . . . llythyr, Dafydd Robaitsh . . ."

"Bil," arthiodd Edwards. "Bil — nid llythyr . . . a 'nrecsiwn i arno fo." Gyda chryn seremoni tynnodd y bil o'i amlen a'i roi o i orwedd ar wyneb y Bwrdd Casgliad Mis. "Gan ma' yn Susnag mae o wedi'i sgwennu mi cyfieithia' i o i chi, Mistar Tomos" . . . Gyda rhagor o seremoni gwisgodd Edwards ei sbectol gwydrau-gwaelod-potel. "Yn llaw grynedig Ifans 'ma mae o 'di lunio. Mi darllena' i o, fel ag y mae o'n darllen . . . Achub cath . . . m . . . plys Gweinidog . . . o ben coedan — Deugain punt . . . a . . . a 'chydig syllta'. 'Fedra' i ddim gweld y sym yn iawn at y diwedd 'ma, ma' inc Ifans 'di gwanio'n gebyst . . . Ac mae o wedi 'i arwyddo gan R. Evans, Ysgrifennydd My . . . My . . ."

"Mygedol," ebe Ifans, yn gynorthwyol.

"Dyna fo. Ysgrifennydd My . . . mydryddol, Cymdeithas Injan Dân, Carreg Boeth a'r cylch," a rhoddodd Edwards slap i'r bil â'i law fawr a'i adael o ar y bwrdd yn fflat fel crempog.

"Cynnig yn bod ni'n rhoi'r hawl i Edwin Edwards i dalu'r bil, wrth ma' iddo fo mae o wedi'i gyfeirio," ebe Lias Jones y Grepach, un o amryw arch-elynion gŵr y Felin Faen.

Gwylltiodd Edwards yn enbyd.

"Y fi? . . . Y fi i dalu'r bil? Ofynnis i ddim i'r gath i fynd i fyny i ben y goedan!" Taflodd gilwg brwnt i gyfeiriad ei Weinidog. "Nac i Mistar Tomos 'ma o ran hynny."

Cododd Ifans y Coparét ar ei draed.

"Os ca' i egluro, Mistar Llywydd, fel yr Ysgrifennydd Mygedol. Fedrwn ni ddim rhedag injan dân . . ."

"Yn hollol," porthodd Lias, ond eiliad yn rhy gynnar.

"Heb betrol . . . Ac yn ôl ein Hysgrifennydd Gweith-redol — W. J. Lewis . . ."

"Lewis?" holodd Edwards yn stormus. "Pa Lewis?"

"Wel . . . y William John . . . m . . . Lewis."

Dafydd Robaitsh fyddar, o bawb, a roddodd yr eglurhad.

"Sôn am William John Tarw Botal ma' Ifans 'ma, ta fi sy'n camglywad?"

"Dyna ni, yn hollol."

"Wel pam gythril, Ifans, na rowch chi 'i enw iawn i'r dyn?" Yna, mewn llais tawelach, mwmiodd wrtho'i hunan, "Duwch, wyddwn i ddim o'r blaen bod gynno fo'r Lewis 'na . . . heblaw Lewis odd 'i dad o."

Sylweddolodd y Gweinidog y byddai'n ofynnol iddo ymyrryd yn gyflym, cyn i'r Pwyllgor dyfu'n syrcas bach.

"'Da ni'n ddiolchgar i Dafydd Robaitsh am yr eglurhad yna . . . 'Dwi'n siŵr y bydd Mistar Ifans yn adrodd gweddill y stori mor gryno â phosib' . . . Diolch."

Cymerodd Ifans ddeng munud arall i esbonio mai Edwards y Felin oedd perchennog y gath, ac mai fo felly, 'nôl rheolau'r Gymdeithas, oedd i dalu am ei hachubiaeth.

"Diolch i chi, Mistar Ifans. Os 'na gwestiwn gin un ohonoch chi? 'Snad os, yna mi . . ."

"Mistar Tomos, os 'na ryddid i mi, un o'r cenhedloedd, i drio tynnu dipyn o wynt o hwylia'r Coparét?"

Wel, ma' croeso i chi ofyn cwestiwn, Dafydd Robaitsh."

"Ddeudodd y Coparét rŵan ma' cath Nedw ydi hi?"

"Do, mi eglurodd Mistar Ifans ma' Mistar Edwards ydi'r perchennog . . . wel, yn 'i farn o felly."

"Wel os ma' Nedw biau'r gath, fedar Ifans 'ma ddeud wrthan ni be ma' Pws yn 'i 'neud yn y Gors Haidd 'cw —cathrica?"

"Yno ar dreial ma' hi," eglurodd y Coparét, yn wybodus. "Am chwech wsnos."

O'i weld ei hun yn cael ei roi mewn congl mwmiodd Edwards yn flin a rhwng ei ddannedd, "Biti goblyn na faswn i wedi llwyddo i foddi'r canibal . . . cyn iddo fo ddechra' dringo i ben coed."

"Canibal?" holodd yr Hen Ŵr yn wyllt gan ymdrechu i godi o grafangau'i gadair. "Ydi Nedw 'ma yn galw Mistar Tomos ni yn ganibal? Mi ro' i ganibal . . ."

Llwyddwyd i gadw Dafydd Robaitsh yn ôl yn ei sedd ac egluro iddo mai gofidio am iddo fethu â boddi'r gath roedd Edwin Edwards.

"O! Deudwch chi . . . Hobi felly fydda' gin i dad o o'i flaen o."

Wedi cryn wastraffu amser pellach llwyddwyd i berswadio Edwards o'i ddyletswydd i dalu, o leiaf, rhan o'r gost o achub ei gath. Cytunodd, gan ychwanegu, "Ond thala' i ddim dima' am achub y Gwnidog . . . Ma'n ddigon i ni dalu i Mistar Tomos 'ma am brygethu i ni — heb sôn am gydnabod wedyn am i gal o i lawr o ben coed."

Gwyddai Eilir ei fod yntau, bellach, mewn congl. Sylweddolai y byddai'n rhaid iddo dalu rhan o gostau'r injian dân yn ogystal â phris y gwaradwydd a dalai eisoes.

"Wel, gyfeillion, 'dwi'n teimlo ma' 'nyletswydd i fydd clirio gweddill y bil. Fy ngwiriondab i odd mynd i gynorthwyo o gwbl. Ma' hi'n wir i mi ddifetha siwt dda wrth ddringo, a bod gin i golar gron rŵan sy'n ddeunaw modfadd yn lle pymthag, ond . . . y . . . fi odd yn rhannol gyfrifol am i Musus Stock-Roberts orfod galw'r Frigâd Dân allan." Llyncodd ei boeri. "Anfona' i siec am y gweddill i chi, Mistar Ifans, at ddechra'r wythnos."

"Diolch i chi, Mistar Tomos."

"Ga' i ofyn i chi, Lias Jones, gyhoeddi'r . . ."

"Ddaru mi ddallt, Mistar Tomos, ych bod chi yn mynd i anfon siec i'r Coparét?"

"Do, Dafydd Robaitsh."

"Wel y Coparét, Mistar Tomos bach, ddyla' anfon siec i chi."

"Y?" ond roedd Dafydd Robaitsh wedi llyddo i godi o'i gadair; â'i bwys ar ben y pastwn draenen ddu gwnaeth anerchiad byr, ond gafaelgar.

"'Nifal direswm 'di cath Nedw 'ma a fo, felly, sy' i resymu drosti hi . . . ac i dalu am 'i mistimanars hi. Ond ma' Mistar Tomos 'ma'n rhydd ewyllysydd. 'Ddringodd bedwar ugian troedfadd o'i ben a'i bastwn 'i hun i drio

110

achub y peth bach . . . a fasa' wedi mynd yn uwch wedyn oni bai bod y goedan yn darfod yn fan'no. Fasa'r peth odd gynnon ni yma o'i flaen o," a chyfeirio mewn ffordd anffodus at y cyn-Weinidog, "ddim yn medru dringo i ben coedan gwsberis . . . odd o'n rhy ffoglyd . . . Teimlo 'rydw i y dylan ni hel tystab bach iddo fo, i ddangos yn gwerthfawrogiad . . ."

Er mawr ryfeddod i Eilir dechreuodd Lias a'r Coparét borthi'r awgrym hwnnw'n wresog.

"Hanner munud, Dafydd Robaitsh . . ." ond gŵr anodd i'w dynnu o gefn ei geffyl oedd Heidden Sur unwaith y câi o'i hun i'r strodur.

"'Dydi Mistar Tomos 'ma 'di cal enw Carreg Boeth, medda' nhw i mi, i bob papur newydd yn y wlad."

Chwiliodd yn ddyfal drwy bocedi'i wasgod, ac yna taflodd ddarn deg ceiniog ar y Bwrdd Casgliad Mis.

"Sali Ann 'cw a finna' yn rhoi hanner coron i agor y gronfa. Os bydd Ifans 'ma gystal â chofnodi."

Gwnaeth Eilir un ymdrech arall, wan, i atal cynnig Dafydd Robaitsh rhag troi'n ddeddf gwlad ond roedd y syniad o gael arian i brynu siwt newydd yn ei gadw rhag gwrthwynebu'n or-frwdfrydig. P'run bynnag, roedd sêl danbaid Ifans a Lias Jones o blaid y cynnig yn fwyafrif diwrthdro.

Wrth gael ei lwytho i drwmbal car y Gweinidog, a phawb arall wedi mynd i'w ffordd, y gwnaeth Dafydd Robaitsh gynnig arall, mwy chwyldroadol na'r cyntaf.

"Mistar Tomos?"

"Ia, Dafydd Robaitsh."

"Os ishio i rywun fod yn dduwiol iawn i gal bod yn flaenor?"

"Wel . . . y 'dwn i ddim. Pam 'da chi'n holi felly?"

"Awydd rhoi f'enw i lawr 'dw i . . . at pryd byddwch chi'n pigo nesa' fel 'tae."

"O?"

"Ydw . . . yn gynddeiriog ulw."

"Triwch gal ych hun i mewn i'r car 'ma, Dafydd Robaitsh. Ma' hi'n berfeddion fel ag y ma' hi."

"Thenciw, Mistar Tomos."

Disgynnodd yn ôl yn llesg i bantle yn sedd gefn y car; edrychodd o'i gwmpas a dweud yn sionc,

"'Taswn i'n cal bod yn flaenor gynnoch chi, hwyrach y medrwn i agor tystab bach arall i chi . . . i mi gal pas adra mewn rhwbath cleniach na hwn 'te."

Caeodd Eilir ddrws y car, efo clec . . .

* * * *

"Anti Bella sy'ma, cariad."

Gwraig y Gweinidog a atebodd y ffôn y tro hwn, yn ei choban, a'r Bugail yn un llarp yn ei wely.

"O, ia."

"Mistyr Tomys, chi sy'na siwgwr . . .?" o glywed y llais fymryn yn feinach nag arfer.

"Musus Tomos sy'ma rŵan . . . 'I unig wraig o."

"*Fancy! . . . Top of the morning* i chi, Musus Tomys."

"Diolch . . . A 'run peth i chitha'."

"Ydi fy *confidant* i o gwmpas?"

"Y?"

"Ydi Mistyr Tomys yna?"

"Mae o yn 'i wely."

"*Fancy! . . .*"

"Mi fuo mewn rhyw gwarfod blaenoriaid neithiwr, tan berfeddion, a mae o 'di blino."

"O wel," yn amlwg siomedig, "*give my regards* 'te."

"Os 'na ryw negas?"

"Hm . . . na . . . Ga'i sgwrs efo fo eto, wedi iddo fo godi. Ond mi ellwch ddeud bod Anti Bella yn cofio at 'i *sleeping beauty.*"

Gwylltiodd Ceinwen o orfod gwrando ar y fath rwdl.

"Mi fedra' i gadw cyfrinacha', Musus Stock-Roberts . . . a chario negesua'."

"Wel . . . y . . . deudwch wrth Mistyr Tomys 'ta, bod Anti Bella'n deud . . ." A daeth mwy eto o dremolo i'w llais, ". . . *He'll be so suprised* . . . bod Twdls yn mynd i gal cathod bach."

"Bobol! 'Ron i'n meddwl mai fo oedd o?"

"'Fedrwch chi byth ddeud, Musus Tomys bach . . . *these days* . . . A deudwch wrtho fo na 'sgin i ddim syniad pwy ydi'r tad . . . Ond ella bydd o'n gwbod. *He's so knowledgeable.*"

"Dwi'n gwbod."

"Gwbod pwy ydi tad cathod bach Twdls?"

"Ia?"

"*Fancy!*"

"Pwy? . . . *may I ask.*"

"Dyn ffeiar brigêd," a rhoi'r ffôn yn ôl ar ei golyn, efo arddeliad.

Cerddodd Ceinwen o'r pasej drafftiog at droed y grisiau a gweiddi,

"Eilir!"

"Ia?"

"Coda."

"Pam?"

"Ma' Edwards y Felin yn mynd i gal cathod bach."

DOLIG DAFYDD ROBAITSH

"Hannar munud 'nghyfeillion i . . . Hannar munud!"

Ond o glywed y cwch gwenyn yn dal i furmur cydiodd Edwards yng ngwar y gloch fach bres â'r tafod arian a'i hysgwyd yn ddidrugaredd.

"Diolch i chi, 'nghyfeillion i . . . Diolch. Fel y . . . Lawr Ifans!" a rhoi bloedd dyn ci defaid ar y siopwr a ddaliai ati i frygawthan a sefyll ar ei draed. Swatiodd Ifans yng nghanol merched ei ddosbarth, fel ci yn disgyn i redyn, er nad oedd wedi llawn ddarfod â sôn am ragoriaethau rhyw *marzipan* newydd a ddaeth i'r Coparét. Aeth Edwards ymlaen.

"Fel ych dewis Arolygwr chi, am y seithfed tro'n olynol, ma' hi'n disgyn i fy rhan i unwaith yn rhagor i ddarllan cyfri 'Rysgol i chi . . . M . . . deunaw o bobl wedi sadio, naw o laslancia' a . . . a phymthag ar hugian o blant o dan oed."

Cododd grŵn o gymeradwyaeth o lawr yr Ysgol Sul.

"Ma'n dda calon gin i weld nifer y plant sy'n yn mysg ni yn cynyddu, fel rydan ni yn nesáu at y Dolig. Daliwch ati, mhlant i, ac mi gewch de parti gynnon ni cyn bo hir ac mi ddaw Ifans yno, fel arfar, i gymryd arno ma' fo ydi Santa Clôs," a gollwng cath angharedig o'i chwd. "O ia, mi ddylwn i ychwanegu, yn ogystal, fod swm y casgliad am y pnawn 'ma yn ddwybunt ond ceiniog. Y . . . mi ro' i y geiniog," a dyfal chwilio drwy bocedi 'i wasgod, ". . . os medra' i gal hyd i un. O dyma ni."

Wedyn, cydiodd Edwards mewn darn o bapur a'i ddal o rhyngddo â'r golau.

"Ma'r tamad papur sy o 'mlaen i yn fama yn deud ma' Dwalad Pierce, Cerrig Pryfaid, sy i agor 'Rysgol i ni y Saboth nesa'. 'Sgin i ond hyderu y bydd o'n gneud hynny efo pwt o weddi o'r frest, ac nid efo rhyw weddi bapur fel y gnath Ifans 'ma hiddiw . . . Wel . . . y . . . gyda hyn yna o anogaeth ga' i ofyn i Mistar Tomos yn gollwng ni . . . Efo gweddi o'r frest eto, os yn bosib'."

"Be am y trip Dolig?" ebe Robat Ŵan y Gydros, o ganol Dosbarth y Dynion. Eiliodd amryw. "Ia, be am y trip, Edwards? . . . Mis sy gynnon ni."

Ers rhai blynyddoedd, bellach, bu'n arfer gan aelodau Ysgol Sul Siloam, Carreg Boeth, ar drothwy'r Dolig, i fynd ar daith siopa i un o'r trefi mawr a chyflwyno hynny o elw a wneid o daith o'r fath i goffrau llwm yr Ysgol Sul a'r te parti Santa Clôs, blynyddol. Dros gorff marw yr Arolygwr yr eid ar deithiau o'r fath ac, eleni eto, fe welwyd nad oedd y llewpart wedi newid ei frychni.

"Dydw i ddim yn siŵr ydi o'n beth doeth iawn i ni fynd i galifantio i'r trefi mawr 'na a'u temtasiyna', a ninna' am y parad â'r Dolig. A pheth arall. Mi fydd hi'n anodd iawn i Musus Edwards 'cw a minna' ych hebrwng chi, wrth na fyddwn ni ddim wedi darfod pluo."

"Eilio," gwichiodd y Coparét, mewn ymdrech i gadw arian Carreg Boeth yn unig siop Carreg Boeth yn ystod tymor yr Ŵyl.

"Fedar Ifans ddim eilio," gwaeddodd Dwalad Pierce, "achos 'dos gin Edwards ddim hawl i gynnig. Gan ma' fo, yn anffodus, ydi'r Arolygwr," a thalu dant am ddant y sylw ynglŷn â'r weddi bapur.

"Wel . . . y . . . er na fedra' i ddim cynnig dim byd fy hunan, ma' gin i bob hawl i fynegi barn ac mi wn i y byddwch chi fel Ysgol yn barod iawn i barchu 'nymuniada' i. Felly . . ."

"Cynnig, Edwin Edwards," ebe Gwraig Albert — un a ddyrchafwyd i'r Sêt Fawr yn y cownt diweddara' — "ein bod ni'n mynd i Liverpool i 'neud dipyn o *Christmas*

115

Shopping." Yna, wedi sylwi ar galon Athro ei dosbarth yn mynd yn ddyfnach fyth i'w sgidiau, ychwanegodd, "Wrth gwrs, *of course,* ma' siop fach Ifans 'ma yn ardderchog i gal petha' cyffredin. *You know, the run of the mill and so on.* Ond ma'n rhaid mynd i le fel Liverpool i gal y *major items.* Er enghraifft, fan'no ces i'r gôt ffyr 'dwi'n wisgo ar hyn o bryd — y *China Mink.*"

"Eilio Lerpwl," gwaeddodd amryw. "I fyny â fo, Edwards."

"Wel, 'nghyfeillion i, mi 'rydach chi, un ac oll, wedi clywad cynnig ein hannwl chwaer. Cynnig flewyn yn fentrus os ca' i ddeud. Os 'na eilydd yn rhwla? 'Snag os . . ."

"Mae o wedi'i eilio . . . i'r fôt â fo!"

Ceisiodd Edwards agor y drws ymwared i gyfeiriad arall.

"Ga' i felly, 'nghyfeillion i, ofyn am y gwelliant . . . Dowch, yn gwbl rydd . . . Y gwelliant ydi, yn bod ni'n hitio'r trip Lerpwl 'ma yn 'i dalcian . . . Dowch, mor gyflym â phosib'."

"Ga' i gynnig gwelliant gwahanol?" holodd Ifans, yn ostyngedig.

"Cewch Ifans, dim ond i chi beidio â mynd i amlhau geiria' 'te. Ma' gin i dair o heffrod newydd fwrw 'u lloea', a mwy o waith godro rhwng dau foddion na fydda'. A ga' i'ch atgoffa, Ifans, 'run pryd, ma' ddim ond am bum dwrnod a hannar o'r wsnos y byddwch chi yn gorfod yn godro ni."

"'Dwi am gynnig felly, trwydda chi Edwin Edwards, yn bod ni'n ehangu mymryn ar y trip."

"I ehangu o, Ifans? A finna'n trio'i fflatio fo."

"'Dwi am fentro awgrymu bod hannar trip Lerpwl yn mynd i weld ffwtbol."

Cododd ton o hwre o blith y glaslanciau a'r plant o dan oed, chwedl Edwards, ac roedd cryn frwdfrydedd dros y cynnig i'w weld ymhlith y 'bobl wedi sadio' hyd yn oed.

"Eilio Ifans . . . Hir oes i'r Coparét."

Sylwodd Eilir ar Edwards y Felin ym mhangfeydd tröedigaeth feddyliol ond edrychai yn debycach i fuwch ar fin dŵad â dau lo. Un o amryw wendidau Edwards y Felin, ond gwendid na hoffai ei gyfaddef yn llygad y byd, oedd diddordeb amatur mewn pêl-droed. Gwyddai Ifans, 'run pryd, na fyddai fawr neb yn gwerthu cotiau ffyr a'u cyffelyb ym Mharc Goodison neu yn Anfield.

"Wel . . . y . . . ma' awgrym Ifans 'ma yn taflu goleuni newydd iawn ar y cynnig . . . a . . . ac o weld cymaint brwdfrydedd o'i blaid o alla' i ddim llai nag ystyried fod y matar wedi'i setlo . . . A 'tasa Musus Edwards 'cw a finna'n medru dadberfeddu'r tyrcwn mewn da bryd hwyrach y gnawn ni ymdrech i gefnogi'r fentar . . . er mwyn 'Rysgol Sul 'te."

Treuliwyd hanner awr ddiflas arall yn trafod pryd i fynd a pha fodd i deithio yno. Wedi cryn wag-siarad cytunwyd ar Sadwrn o fewn pythefnos, reidio yn siari Wil Pwmp cyn belled â'r stesion agosa' a theithio'r gweddill o'r siwrnai mewn trên. Yn anffodus, roedd unig fws William Williams wedi chwythu 'i phlwc ar bont Runcorn y Dolig blaenorol, a theimlai selogion yr Ysgol Sul y byddai'n gam â'r bws i ddisgwyl iddo fynd dros Glawdd Offa am yr eildro.

"Dyna ni 'ta, 'nghyfeillion i, wedi cal y llwyth i ddiddosrwydd yn llwyddiannus, ac yn udrach 'mlaen, un ac oll, at y trip Dolig blynyddol . . . Os byddwch chi, Mistar Tomos, mor garedig â'n gollwng ni â gair bach o weddi . . . A gneud hynny mor gryno â phosib', i mi gal mynd at yr heffrod."

*   *   *   *

Ceinwen, gwraig y Gweinidog, a ddaeth ar draws Hen Ŵr Heidden Sur yn brysio i fyny'r pwt gallt sy'n codi'n serth o'r Coparét i gyfeiriad y mans ac yn natur llusgo un glun o'i ôl, fel ceiliog ffesant wedi'i ddarn-saethu ac yn brysio am y noddfa. Y camgymeriad a wnaeth Ceinwen

117

oedd gweiddi o'i ôl, cyn iddi ei lawn gyrraedd, a dychryn yr hen ŵr.

"Sudach chi, Dafydd Robaitsh?"

"Drapia' gythril," a throi drach ei gefn, yn ffwndrus. "Pwy gyth . . . O! Musus Tomos, chi sy'na? Fedrwn ni ddim dirnad pa fath o 'nifal odd yn brefu tu cefn i mi . . . Mi rydach chi mewn symol iechyd, Musus Tomos?"

"Dwi'n iawn, diolch i chi. A sut ma'r wraig 'na s'gynnoch chi?"

"Sut ma'r . . . 'Sgin i ddim draig acw, Musus Tomos," ebe'r Hen Ŵr yn ddryslyd. "Dim ond y fuwch ddu dair teth . . ."

"Holi sut ma'r *wraig* ydw i," a gweiddi.

"O! holi am Sali Ann 'da chi? Wel ma' hi fel gog bach, Musus Tomos, fel gog bach . . . y . . . thenciw."

Wedi cerdded pwl a stopio peth cyrhaeddwyd hyd at lidiart y Mans; edrychai Dafydd Robaitsh fel pe byddai am fynd ymhellach.

"'Da chi ddim am droi i mewn, Dafydd Robaitsh? 'Fasa can croeso . . ."

"Gofyn 'dwi am droi i mewn 'da ch?"

"Wel . . . y . . . ia."

"Wel ydw debyg. 'Da chi 'rioed yn meddwl 'mod i wedi llusgo i fyny'r sglyfath gallt 'na er mwyn fy iechyd?"

"Ych gweld chi wedi natur pasio'r llidiart 'ron i."

"Deudwch chi. Wel, mi es i heibio i'r giat er mwyn i mi gal goriwaerad i droi i mewn 'te."

Wedi pwl o ddadmar wrth dân y stydi, a chyfle i dynnu blewyn o drwyn Jên Ifans nes bod honno'n mynd yn gandryll, aeth Dafydd Robaitsh â'r maen i'r wal yn syth —heb y larmio arferol ynglŷn ag amseroedd y fuwch ddu neu gyflyrau posib' Anni ffridd Bella'.

"Ma'r tocia' eithin yn deud wrtha i, Mistar Tomos, ych bod chi'n trefnu rhyw galifant bach i'r Lerpwl hwnnw."

"Nid fi, Dafydd Robaitsh."

"O?"

118

"Naci . . . Caredigion yr Ysgol Sul sy'n mynd yno, wsnos i'r Sadwrn, i siopio ac i weld gêm ffwtbol."

"Felly ron i'n cal ar ddallt, gin y Coparét."

"Ac Edwin Edwards y Felin sy'n trefnu'r daith, wrth ma' fo ydi'r Arolygwr presennol."

"Wrth ma' fo ydi be, Mistar Tomos?"

"Arolygwr! . . . Wyddoch chi, llywydd yr Ysgol Sul."

"Trystio Nedw i gal 'i hun i ben bob toman."

Bu eiliad o dawelwch, nes i Dafydd Robaitsh boeri joch o jou baco i lygaid y tân, a holi.

"Mistar Tomos, 'da chi'n meddwl y medrwn i ddal y daith i'r Lerpwl 'na . . . heb chwalu?"

"Wel, mi rydach chi wedi cerddad pnawn 'ma bob cam o Heidden Sur i'r pentra."

"Do . . . ac wedi rhedag peth."

"Ac ista mewn trên y bydd rhywun y rhan fwya' o'r amsar."

Gloywodd llygaid perlog yr Hen Ŵr.

"Da *chi*, Mistar Tomos, yn deud felly 'i bod hi'n iawn i mi ddŵad?"

"Ond 'dydw i ddim yn ddoctor, Dafydd Robaitsh."

"Ddim yn be?"

"Ddim yn ddoctor."

"Wel, wn i hynny'n iawn. Ond ma' gynnoch chi beth cebyst o ryw lythrennod tu ôl i'ch enw."

"Wel . . . m . . .," a chwarddodd Eilir er ffugio gostyngeiddrwydd.

"Ac ma'n well gin i air prygethwr sy wedi gneud y grêd na rhyw ddoctor dail o Bacistan," gan gyfeirio at y Doctor Sandar Zong a gynhaliai syrjyri yn Llanmieri bob pythefnos.

Tynnodd Dafydd Robaitsh faich o bapurau punnoedd o boced ei wasgod a dweud yn sbriws,

"'Tasa chi'n rhoi drecsiwn Anni Ffridd Bella a finna' ar ryw damad o bapur, yna mi ro' inna' chweugian o ernes droston ni'n dau. Fyddai'n gweld dim byd gwell na thalu ar law."

Sylweddolodd Eilir ei fod wedi cael ei osod mewn congl, a hynny'n ddiarwybod iddo.

"Fel deudis i, Dafydd Robaitsh, Edwin Edwards y Felin sy'n trefnu'r trip, a fo ddyla' gasglu'r enwa' — nid y fi."

"Am 'y nhroi i lawr 'da chi, Mistar Tomos? A chitha' wedi codi 'ngobeithion i i'r ucheldera'."

"Wel na, leciwn i ddim gneud hynny."

"A phwy sy'n gyrru'r wedd tua Siloam 'na? Chi, 'ta Nedw'r Felin?"

"Y fi ydi'r Gweinidog, ma'n debyg . . ."

"Lawr â'r enwa' ta . . . Ne' fydd raid i mi droi 'nghôt, a mynd i'r Eglwys."

Wedi i Eilir roi enwau Dafydd Robaitsh Heidden Sur ac Anni Ffridd Bella, chwaer Sali Ann, ar gefn amlen a rhoi chweugain yr Hen Ŵr mewn hen dun triog, gwag, clywyd sŵn lleisiau'n codi. Yna, ymddangosodd dau wyneb fflat ar wydrau ffenestr y stydi.

"Welwch chi ryw arlliw ohono fo, William John?"

"'Dydi'r bygar yn tostio yn y gadar freichia' yn fan'cw. Welwch chi mohono fo, Edwards?"

"'Dwi'n barnu 'mod i'n gweld rhwbath tebyg iddo fo." Ac fel roedd y lleisiau'n pellhau,

"A William John?"

'Ia, Edwards?"

"Triwch fesur ych geiria'n well . . . wrth ych bod chi yng nghwmni blaenor . . . ac yn ymyl tŷ Gwnidog."

"Reit, achan."

Jên Ifans a arweiniodd Edwards a William John Tarw Botal i seintwar y Stydi, a'r ddau yn un laddar o chwys ar ôl y chwarae dal.

"Dau g-garidymp arall i'ch gweld chi."

"Diolch, Miss Ifans . . . Y . . . 'steddwch, gyfeillion."

Bu eiliad o dawelwch anniddig. Dafydd Robaitsh yn ymddiddori'n fawr ym mlaena 'i sgidiau â golwg ci lladd defaid arno.

120

"Mi rydach chi'ch dau yn 'nabod Dafydd Robaitsh, Heidden Sur?" rhwng difri a chwarae.

"Dyna pam rydan ni yma, Mistar Tomos," ebe Edwards, yn bwysig. "A 'dydi o ddim yn fatar i'w drafod yn ysgafala."

"Deudwch chi."

"Soniodd o rwbath wrtha chi am y Lerpwl 'na?"

"Ma'r bygar bownd o fod wedi agor 'i berfadd," mwmiodd William John o dan ei wynt.

"Langwej, William John, Langwej!"

Cododd yr Hen Ŵr ei ben, a holi.

"Ydi Nedw 'ma wedi troi i Susnag, 'ta i ddannadd gosod o sy heb 'u llnau?"

"Defi Robaitsh," bloeddiodd Edwards, "mi wyddoch yn burion ma'ch lles chi sy gynnon ni mewn golwg. A bod Sali Ann yn anhapus ryfeddol i chi fentro ar y trip Dolig 'ma . . . yn ych oed bregus chi."

"Gofynnwch i Nedw, Mistar Tomos, drosta' i, pwy sy'n gwisgo'r trowsus yn y Felin Faen?"

"Ylwch yma, giaffar," mentrodd William John, "ofn ma' Sali Ann, drwy'i bogal, i chi gal ych sathru dan draed mewn lle fel'na. 'Fydd 'na filodd ar filodd o bobol yno."

"Be ydi William John 'ma, Mistar Tomos? Gwas i was neidar? . . . A pheth arall 'dydi Mistar Tomos wedi cymyd fy enw i lawr . . . ac un Anni Ffridd Bella. A fo, Nedw, nid chdi, ydi y *pen*-publican yng Nghapal Siloam."

"Ydi hynny'n wir, Mistar Tomos?"

"Be felly, Edwin Edwards?"

"Ych bod chi wedi bod mor . . . mor fyrbwyll â rhoi tragwyddol heol i Defi Robaitsh 'ma . . . a . . . a dynas y Ffridd Bella, i ddŵad efo ni i Lerpwl?"

Ond, cyn i'r llin myglyd gael ei chwythu'n fflam, daeth Ceinwen i mewn drwy ddrws y stydi i'w hysbysu bod te yn barod. Yn anffodus, taflodd gwestiwn afrosgo i gyfeiriad Dafydd Robaitsh, a oedd eisoes yn ddrwg ei hwyl.

"Mi gymwch de efo ni, Dafydd Robaitsh?"

"Be ma' hi'n drio ddeud, Mistar Tomos?"

"Gofyn ma' hi, 'da chi ishio te?"

"Gofyn 'dwi ishio te?"

"Ia."

"Wel os debyg. 'Dydach chi 'rioed yn disgwl i mi drampio'r holl ffordd adra ar stumog wag? . . . Ac mi gymith Tarw Botal banad o'r un tebot . . . i gadw cwmni. 'Dwi'n gweld Nedw 'ma yn byw yn ddigon agos," er bod eitha' taith o'r Felin Faen i'r Mans.

Wedi cyrraedd i'r pasej, sy rhwng y stydi a'r gegin, gwthiodd Dafydd Robaitsh flaen ei bastwn draenen ddu i feingefn Edwards y Felin a'i droi o nes ei fod yn wynebu'r drws allan.

"Te adra Edwards. Gawn ni gyfla i gal panad efo'n gilydd tua'r Lerpwl 'na!"

*   *   *   *

Yn dilyn y pnawn di-de ar aelwyd y Mans, ac o weld fod Dafydd Robaitsh wedi palmantu'i ffordd tua Lerpwl cyn i William John ac yntau gyrraedd yno, penderfynodd Edwards, o'i ben a'i bastwn ei hun, y byddai'n angel gwarcheidiol i Hen Ŵr Heidden Sur gydol y daith. Mynegodd hynny mewn sawl Seiat yn Siloam ac ar lawr y Coparét.

"Fel dipyn o Arolygwr yr Ysgol Sul mi fydd hi'n ofynnol i mi, Ifans, daenu f'adain dros 'rhen Defi Robaitsh a'i gadw fo ar y llwybr."

"Fydd hynny ddim yn fêl i gyd, Edwin Edwards."

"Fy mantais i, Ifans, ydi 'mod i'n weddol gyfarwydd â'r ddinas. Wedi bod yn cerddad 'i strydoedd hi unwaith os nad dwywaith o'r blaen."

"'Da chi 'rioed yn deud."

Ar wastatir llwm, fel roedd y trên yn gyrru i gyfeiriad Lerpwl, y digwyddodd y brofedigaeth gynta' i Edwards. Roedd o a William John, y Gweinidog a Dafydd Robaitsh, wedi mynd i eistedd i'r un lle ac wedi sodro Hen Ŵr

122

Heidden Sur, er mwyn ei ddiogelwch, yn un o'r ddwy gongl agosa' i'r ffenestr. Cododd yr Hen Ŵr ar ei draed a dweud,

"'Dwi'n meddwl, Edwards, yr a' i i'r gareij nesa' i ddeud howdidŵ wrth Anni Ffridd Bella."

"Well i chi beidio â mynd i grwydro Dafydd Robaitsh," awgrymodd y Gweinidog, "'cofn i chi syrthio a thorri'ch gwddw."

"Stê pwt ydi'r gora i chi, giaffar," eiliodd William John, yn ddoeth.

A dyna'r pryd y dechreuodd y trên sgrytian yn enbyd nes roedd yr Hen Ŵr yn cael ei siglo'n beryglus, fel wennol ar wifren a hithau'n codi'n storm.

"Well i chi ista i lawr, Dafydd Robaitsh."

"Ista i lawr, Mistar Tomos? 'Dydw i ishio mynd i weld Anni . . . Drapia' gythril!" fel roedd o'n cael ei daflu ymlaen yn frwnt.

"Defi Robaitsh!" bloeddiodd Edwards, "cydiwch yn rhwbath 'gosa i law . . . 'cofn i chi dorri'ch lengid."

A rhag disgyn ar ei fol i hafflau Edwards y Felin cythrodd yr Hen Ŵr i bwt o strap, na ddylid ei gyffwrdd ond mewn gwir argyfwng. O glywed y waedd o Facedonia breciodd gyrrwr y trên nes roedd y teithwyr ym mreichiau 'i gilydd.

"William John," gorchmynnodd Edwards, "'newch chi beidio â dal i afael amdana' i," a lluchio Tarw Botal yn ôl i'w sêt.

Cyn bod y pedwar wedi llawn ddatgymalu oddi wrth ei gilydd daeth y giard â'i ben heibio i'r drws, a holi.

"*Who pulled the emergency cord?*"

"*Defi Robyts Heidden Sur, Syr,*" ebe Edwards, yn falch o gael bwch dihangol.

"Cymry ych chi 'te?"

"Trip capal 'da ni, achan," eglurodd William John, "yn mynd i Lerpwl i weld ffwtbol."

"'Wi'n gweld. Chi dynnws y strap 'na?" wrth Dafydd Robaitsh, a phwyntio at y cortyn.

"Tynnu pa dap?" ebe Dafydd Robaitsh yn ffrwcslyd.

"Gofyn mae o," eglurodd y Gweinidog, "os ma' chi gydiodd yn y strap 'cw?"

"O! deudwch chi, Mistar Tomos. Wel ia . . . a naci. 'Nes i 'mond gneud fel roedd Edwards 'ma," a phwyntio'r pastwn at ei gymydog, "yn gorchymyn i mi 'neud."

"Dewch 'da fi."

"Y?"

"Well i chi fynd Defi Robaitsh," ebe Edwards, "'lle bod ni i gyd yn gorfod mynd i'r jêl."

"A chitha hed," wrth Edwards.

"Wel . . . y . . ."

"Cyn bo fi'n galw'r *Railway Police.*"

"Dowch Defi Robaitsh. Ewch chi'n gynta' efo'r gŵr bonheddig a . . . a mi ddo' inna' i ddal 'gannwyll i chi."

A dyna'r pryd yr aeth y ddau a oedd ar ôl yn un.

"Fasa'n dda gin i, achan, 'taswn i'n cal cyfla i basio dŵr."

"Ddim rŵan, William John, a'r trên wedi stopio. 'Da ni mewn digon o ddŵr poeth fel ma' petha'."

"Wel, fedra' i ddim dal i dragwyddoldab." Rhythodd William John drwy'r ffenestr ar y tir agored, anial â'r gefnen yn codi'n y pellter. "'Da chi'n meddwl, achan, y basa hi'n iawn i mi bicio cyn bellad â'r llwyn drain 'cw?"

"Matar i chi ydi hynny, William John. Faswn i ddim yn mentro."

"Rhaid i mi fynd, achan — ne' fyrstio."

Â William Tarw Botal yn sefyll wrth y llwyn drain yn y pellter, a'i gefn at y bobl, cerddodd cryndod drwy'r trên ac wedi gwich neu ddwy ail-gychwynnodd ar y daith a chodi spîd yn gyflym. A'r cip ola' a gafodd Eilir ar William John oedd ei weld o'n rhedeg i gyfeiriad y trên ac yn chwifio'i freichiau mewn ymdrech ofer i'w hatal.

Wedi gorfod talu crocbris, o'i boced ei hun, am i Dafydd

124

Robaitsh gydio yn y strap ymwared penderfynodd Edwards lynu wrth yr Hen Ŵr fel gelen wrth groen a'i gadw o dan arolygiaeth gaeth gydol yr amser. Erbyn hyn, roedd y teithwyr wedi cyrraedd i Lerpwl a rhai ohonyn nhw wedi hidlo i un o'r siopau-mawr-gwerthu-pob-peth, a Dafydd Robaitsh, Eilir ac Edwards yn eu plith. Mewn lle felly roedd Hen Ŵr Heidden Sur mor fyddar â phost ac yn ddryslyd ryfeddol.

"'Dydi hi fel ffair glamai 'ma, Mistar Tomos bach. Welsoch chi Anni Ffridd Bella yn rhwla?''

Daeth Gwraig Albert y Fawnog atynt yn frol i gyd.

"Yn y siop yma, Defi Robyts, y ces i fy *mink coat.*''

"Y?''

"Deud ma' yn fama y ces i fy *mink coat,* '' a mynd draw at y stondin sent.

"Be' ddeudodd Gwraig Albert, Mistar Tomos? Deud ma' yn fama y cath hi fint sôs? Duwch, mewn gerddi y gwelis i beth felly'n tyfu.''

"Deud ma' yn fama y cath hi 'i chôt ffyr!''

"O! . . . Deudwch chi . . . Ydyn nhw'n gwerthu dillad yn rhyw ogo' lladron fel hyn?''

"Ydyn, Dafydd Robaitsh.''

"'Dwi flys garw a mynd i chwilio am drons gwlanan cartra. Ma'r petha' 'na s'gin Ifans y Coparet yn dena' fel weffar.''

"Y llawr isa', Defi Robaitsh,'' gwaeddodd Edwards, yn gwybod y cwbl.

"Ia, dillad isa' Nedw, dyna odd gin i mewn meddwl.''

"Dowch, Defi Robaitsh,'' cymhellodd yr Arolygwr, "mi awn ni i lawr yn y lifft sy'n mynd i fyny.''

"Yn y be?''

"Lifft!''

"Be, 'di'n bosib' cal pas i le felly?'' a throtian ar ôl Edwards, yn gymysglyd.

Camodd dwy wraig i'r lifft 'run pryd ag Edwards a

125

Heidden Sur, a gadael i'r dynion bwyso'r botymau a gweithio'r mecanics.

"Ella bod ych golygon chi, Defi Robaitsh, yn well na fy rhei i, wrth 'mod i wedi gadal fy sbectols ar y trên. Pwyswch fotwm 'neith i ni i fynd i lawr."

"Ishio i mi wasgu rhei o'r botyma' 'ma 'da chi, Edwards?"

"Thenciw Defi Robaitsh. Rwbath gyrrith ni i lawr."

Wedi i'r Hen Ŵr ddal 'i fys ar un o'r botymau, yn gwbl ar antur, saethodd y caban i fyny i entrych yr adeilad.

"Botwm arall, Defi Robaitsh. Botwm arall."

Wedi pwyso un arall disgynnodd y caets i berfeddion yr adeilad a hynny gyda chyflymdra styrbio stumog. A dwy wraig yn drwm o sâl môr a gamodd allan o'r caban i ddanddaearleoedd y siop, ac un yn pwyntio bys ewingoch at Edwards, ac yn dweud — *"You horrible, horrible man."*

*　　*　　*　　*

Ffawd angharedig, mae'n debyg, a barodd i Edwards y Felin daro ar ddau docyn yn caniatáu lle i Dafydd Robaitsh ac yntau ar y Kop; ag Everton yn chwarae Lerpwl. Anwybodaeth yn drech na diddordeb a barodd i Edwards lwybreiddio yno â sgarff glas yn cyfarth yn dynn am ei wddf.

"Defi Robaitsh," gwaeddodd Edwards, fel roeddan nhw yn cael eu cario drwy'r pyrth ac i mewn i'r cae, "gin i flys garw lapio'r crafat 'ma am 'y ngwddw. Ma' cae ffwtbol, 'nenwedig os bydd o'n gae go anwastad, yn medru bod yn erwin o oer."

Ond roedd Dafydd Robaitsh yn gwbl fyddar i brebliach Edwards ac wedi dychryn gormod i wrando. Cydiai fel cranc ym melt côt Gŵr y Felin Faen ac ni fentrai lacio'i afael am bensiwn.

"Os rhaid i chi, Defi Robaitsh, gydio mor gynddeiriog yn 'y nghanol i? Cerddad ochr yn ochr fasa' ora' i ni mewn lle fel hyn."

Ond ymlynai'r Hen Ŵr wrth Edwards gyda sêl Rwth tuag at Naomi — 'Canys pa le bynnag yr elych di, yr af finnau'.

"Fyddwn ni mewn lle i gal yn gwynt atan, unwaith y byddwn ni wedi dringo i'r topia' 'cw," eglurodd Edwards.

*   *   *   *

Deng munud cyn amser y trên ola y danfonwyd Dafydd Robaitsh Heidden Sur hyd at blatfform tri yng Ngorsaf *Lime Street,* â merch ifanc benfelen, gynnil ei gwisg, yn dynn yn ei fraich. Rhuthrodd pobl Carreg Boeth i'w gyfarfod, fel un gŵr, a chafodd groeso mab afradlon wedi dod yn ôl i dŷ ei dad.

"'Da chi'n iawn, Dafydd Robaitsh? . . . Ma'r trên 'di mynd ers saith, cofiwch . . . Hei, pwy ydi'r pishyn 'ma, Dafydd Robaitsh?"

Trosglwyddodd y benfelen ei llwyth i'r Gweinidog, a dweud yn ddiolchgar,

"'E is all 'ers, Father . . . And bye Jove 'e is a cheeky ol' devil."

Crynhodd y cwmni o gwmpas Dafydd Robaitsh, fel gwenyn wrth ben pot jam, i gael gafael ar ben llinyn y stori ac i gael holi am Edwards.

"Lle 'da chi 'di bod Dafydd Robaitsh? . . . 'Sgynnoch chi ryw syniad lle ma'n Harolygwr ni?"

"'Rhoswch am funud, gythreuliaid, i mi gal 'y ngwynt . . ."

Yna, fel roedd y ferch a'i danfonodd o yn diflannu o'r stesion i'r nos cododd yr Hen Ŵr ei bastwn a gweiddi —"*Goodnight, Marlene!*"

Y Gweinidog, fel roedd y trên yn gwibio'n ôl ar hyd arfordir Gogledd Cymru, a gafodd stori Hen Ŵr Heidden Sur yn llawn.

"Hogan bach glên ryfeddol, Mistar Tomos."
"O?"

127

"'Glenia' welsoch chi. 'I nain hi, o ochor 'i Mam yn dŵad o 'ffinia' Mynytho, ac yn Fatus."

"Deudwch chi."

"Ia'n brenin. Hi gafodd hyd i mi tu allan i'r cae ffwtbol hwnnw, fel cwch wedi llusgo'i angor."

"Ddyla' chi ddim cyfathrachu efo pob siort."

"Pwy ddeudodd 'mod i wedi bod yn cyfeillachu efo hi?", yn flin. "Heblaw rodd hi'n un o'r genod bach noblia wisgodd esgid 'rioed. Mi fynna' i mi fynd efo hi i aros noson, er bod gynni hi bump o blant . . . a dim gŵr."

Gwyddai Eilir fel y gallai diniweidrwydd droi'n ddeinameit, ar amrantiad.

"Heblaw mi wthis i bishyn hannar coron gwyn i' llaw hi, am 'i thraffarth 'te."

"Ond lle ma' Edwards gynnoch chi, Dafydd Robaitsh?"

"Be wn i lle ma' hwnnw. Mi dris i gadw cow arno fo hyd odd hi'n bosib'."

"Ond roeddach chi'ch dau yn cychwyn i'r ffwtbol efo'ch gilydd."

"Mi fynna' Edwards yn bod ni'n mynd i fyny i ryw gialari, ac wedi i ni gyrradd yno mi ddechreuodd Nedw gwffio."

"Cwffio? Edwin Edwards yn cwffio?"

"Wel, i fod yn deg efo 'rhen Nedw, er nag ydi o ddim yn angal mwy na chitha'. 'Tasa rhyw hen grymffast efo cap gwlân, coch heb ddwyn 'i grafat o fasa' petha' di' bod yn well."

"Bobol!"

"Ia'n brenin. A tasa chi'n clywad yr iaith Mistar Tomos . . ."

"Iaith Edwards?"

"Naci, y crymffast ddwynodd 'i grafat o. Dydi William John Tarw Botal ddim yni hi."

"Dydi iaith William John ddim yn ddrwg."

"Nagdi . . . pan fydd o'n sobor."

Bu ysbaid o fwlch yn y sgwrs ac undonedd y trên yn gymorth i'r ddau ymlacio. Yr Hen Ŵr oedd y cynta i ailddechrau'r siarad.

"Biti gythril i Nedw fynd ati i golbio'r hogyn ddwynodd 'i grafat o."

"Ond lle ma' Edwards rŵan? 'Dydach chi ddim wedi deud hynny eto."

"Gofyn lle mae o rydach chi?"

"Ia."

"'Dydw i wedi deud wrtha chi, unwaith o'r blaen, nag os gin i'r un obadeia lle mae o . . ."

"O?"

"Nagos yn tad. Y cip dwytha ges i arno fo odd yn cal 'i gario o'r gialari gin ddau blisman, a'i draed o heb gyffwrdd y ddaear . . . A dau arall ym manhandlo y cap gwlân."

"Mistar Tomos."

"Ia, Dafydd Robaitsh?"

"Fasa fo'n llawar o wahaniaeth gynnoch chi 'taswn i'n cysgu plwc?"

"Ddim o gwbwl. Cysgwch chi."

"Thenciw."

Cysgai'r Hen Ŵr â'i ben ar ei wasgod, fel cyw gŵydd ar lygedyn o haul. Unwaith neu ddwy ymrwyfodd yn ei gwsg a thybiodd Eilir iddo ei glywed yn sibrwd drwy'i hun — *"Good night, Marlene."*

William John Tarw Botal oedd y cyntaf i gyrraedd yn ôl i Garreg Boeth, a hynny ganol pnawn Sadwrn; cyrhaeddodd gweddill y cwmni at y Coparét berfeddion nos, nes codi Ifans o'i wely, a Gwraig Albert wedi cael côt ffyr drichwarter newydd — *Silver Fox.*

Fore Llun canlynol y cyrhaeddodd Edwards, ym mhen blaen y fan lefrith, a golwg ci wedi torri'i gynffon arno. Beth yn union a ddigwyddodd iddo rhwng y cario allan o'r cae pêl-droed a'i ddychweliad, 'does neb a ŵyr. Yn ôl un sôn, yn y Coparét, mae Edwards i ddychwelyd i Lerpwl rhwng y Dolig a'r Flwyddyn Newydd a Lloyd y Twrna i fynd efo fo, i ddal y gannwyll; ac yn ôl sôn arall, mae Dafydd Robaitsh am fynd efo nhw, er mwyn iddo fo gael gweld y 'Lerpwl hwnnw' yn iawn.

Llyfrau Eraill yng Nghyfres Straeon Carreg Boeth

Pregethwr Mewn Het Person
Hufen a Moch Bach
Buwch a Ffansi Mul
Babi a Mwnci Pric
Dail Te a Motolwynion